ケイト・ディカミロ✦作　長友恵子✦訳

Raymie Nightingale
Kate DiCamillo

レイミー✦ナイチンゲール

岩波書店

RAYMIE NIGHTINGALE

by Kate DiCamillo

First published 2016 by Walker Books Limited, London.

This Japanese edition published 2017
by arrangement with Walker Books Limited, London
through Japan UNI Agency, Inc., Tokyo.

わたしの勇士たちのために……ありがとう

レイミー・ナイチンゲール

1

三人の女の子がいた。

ならんで立っている。

気をつけの姿勢《しせい》をとって立っている。

そのとき、レイミーのとなりに立っていたピンクのワンピースの女の子がすすり泣いた。

「考えれば考えるほど、つらくなるの。つらすぎて、これ以上は無理！」

その子はバトンを胸《むね》に押《お》しあて、くずれ落ちるようにしゃがみこんだ。

レイミーはおどろき、うらやましい気持ちで見つめた。

自分だってしょっちゅうつらくて、これ以上は無理、と思うときがあったけれど、声にだして認《みと》めたことはない。

ピンクのワンピースの女の子は、小さくうめいて、倒《たお》れた。

目をぱちぱちしてからとじた。なにも言わない。と思ったら、目を見ひらいてさけんだ。

「ごめんね、アーチー！　裏切《うらぎ》ってごめんね！」

また目をとじる。口をぽかんと開けた。

今までこんな光景《こうけい》は、見たこともなければ、聞いたこともなかった。

「ごめんね」レイミーは小声で言ってみた。「裏切ってごめんね」

なぜだかくりかえしてみたくなる言葉だった。

「そんなふざけたまねは、今すぐにやめなさい」アイダ・ニーが言った。

アイダ・ニーは、バトントワリングのインストラクターだ。少なくとも五十歳《さい》をこえているはずなのに、髪《かみ》はきわめて明るい黄色。ひざまである白いブーツをはいている。

「じょうだんじゃないわ」

レイミーは、アイダ・ニーが本気だとわかった。アイダ・ニーはじょうだん好きには見えなかった。

太陽は空のずっと高いところにあって、まるで西部劇《せいぶげき》の真昼のワンシーンを見ているようだ。でも西部劇じゃない。アイダ・ニーの家の、アイダ・ニーの裏庭《うらにわ》での、バトントワリングのレッスン中のことだった。

一九七五年の夏。六月五日だった。

二日前の六月三日に、お父さんが歯科衛生士《えいせいし》の女の人とかけおちした。

えっちらおっちら、お皿とスプーンが逃《に》げだした。

お父さんと歯科衛生士のことを思うたびに、このマザーグースの歌が頭をよぎる。

でも、もう声にだして言うのはやめた。お母さんがすごく動揺《どうよう》しているのに、お皿とスプーンがいっしょに逃げだすなんてことを言うのは、ふさわしくないから。

じっさい、起こったことは悲劇《ひげき》だった。

お母さんは言った。「これってひどい悲劇なのよ。そのマザーグースの歌をしつこく言うのはやめてくれる？」

お父さんがかけおちなんて恥《は》ずかしいことをしたのだから、ひどい悲劇だ。

それに今やレイミーは父親がいない子になったのだから、やっぱりひどい悲劇にちがいなかった。

そのこと、つまり自分にはもう父親がいないという事実を考えるたびに、レイミーの胸《むね》に小さいけれど、するどい痛《いた》みが走った。

ときには胸の痛みのせいでつらくなって、これ以上は無理、と思うことがあった。しゃがみこんでしまいたい気持ちになることもあった。

でもそんなとき、自分には計画があると思いなおす。

2

「立ちなさい」アイダ・ニーが、ピンクのワンピースの女の子に言った。

「気絶《きぜつ》してます」もう一人のバトントワリングを習いにきていた女の子、ベバリー・タピンスキが答えた。父親は警官《けいかん》だ。

レイミーがその子の名前と父親の職業《しょくぎょう》を知っているのは、その子がレッスンのはじめにそう言ったからだった。特にだれかを見ることもなく、まっすぐ前をにらんで、「あたしの名前はベバリー・タピンスキ。パパは警官なんだから、あたしをなめないでよ」と言ったのだ。

レイミーは、なめるなんてことは考えてもいなかった。

「あたしは今まで、たくさんの人が気絶するのを見たことがあるんだ。警官の娘《むすめ》だから、こんなことはよくある。なんにでも出くわすんだ、なんにでもね」ベバリーは言った。

「タピンスキ、だまりなさい」アイダ・ニーがぴしゃっと言った。

太陽は空のずっと高いところにあった。

ぴくりとも動かない。

だれかが空に貼《は》りつけ、そのままにして歩き去ったかのようだ。

「ごめんね」レイミーは小声で言った。「裏切《うらぎ》ってごめんね」

ベバリー・タピンスキがひざまずき、気絶《きぜつ》している女の子の左右のほおに手をあてた。

「なにをしているのか、わかってるの?」アイダ・ニーが言った。

頭上では松の木がゆれている。クララ湖の水面《みなも》がキラキラと輝《かがや》いていた。百年前に、クララ・ウィングチップという人がおぼれ死んでしまった湖。

湖はお腹《なか》をすかしているように見えた。

たぶん、もう一人のクララ・ウィングチップをほしがっているのだろう。

レイミーは絶望的《ぜつぼうてき》な気持ちになった。

気絶している人にかまっている時間はない。バトンのまわし方を覚えなくちゃ、それもすぐに。だってバトンのまわし方を覚えたら、中央フロリダ・タイヤ社主催《しゅさい》の美少女コンテストで優勝《ゆうしょう》できるかもしれないのだから。

もし美少女コンテストで優勝したら、お父さんは新聞でわたしの写真を見て、きっと帰ってきてくれる。
それがレイミーの計画だった。

3

レイミーが思いえがく計画のあらましは、こうだった。かけおちしていった町がどこであれ、お父さんはそこのレストランでテーブルについている。歯科衛生士《えいせいし》のリー・アン・ディカーソンといっしょにボックス席にすわって、お父さんはたばこを吸《す》い、コーヒーを飲んでいる。そしてリー・アンはおバカで、場ちがいなことをしている。たとえば爪《つめ》にやすりをかけるとか（人前ではけっして、しちゃいけないことだ）。しばらくして、お父さんはたばこをもみ消し、新聞をひろげ、咳《せき》ばらいをしてから言う。「今日のニュースはなにかな」そして、お父さんが見るのは、レイミーの写真だ。

頭に冠《かんむり》をかぶり、手に花束を持ち、肩《かた》から〈一九七五年度優勝《ゆうしょう》美少女〉と書いてあるたすきをかけたレイミーの写真を、お父さんは見る。

そこで、レイミーの父親、クラーク家族保険《ほけん》代理店のジム・クラークは、リー・アンのほうをむいて、「すぐに帰らないと。なにもかも変わったんだ。娘《むすめ》が有名になったからね。中央フロリダ・タイヤ社主催《しゅさい》の美少女コンテストで優勝《ゆうしょう》したんだ」と言う。

リー・アンはおどろき、うろたえて、爪《つめ》にやすりをかけるのをやめ、(そしてたぶん、焼きもちと、たたえる思いも感じて)ハッと息をのむ。

それが、レイミーが思いえがくシナリオだった。

おそらくそうなる。たぶん。願わくば。

でも、まずはバトントワリングを身につけないと。

そうアドバイスしてくれたのは、シルベスターさんだった。

4

シルベスターさんは、クラーク家族保険代理店の秘書《ひしょ》だった。

シルベスターさんの声はかん高くて、アニメに出てくる小鳥がしゃべっているように聞こえる。そのせいで、シルベスターさんの言うことはバカらしくもあり、本当らしくもあり、つまり同時にその両方のように聞こえるのだった。

レイミーがシルベスターさんに中央フロリダ・タイヤ社の美少女コンテストに応募《おうぼ》するつもりだと告げたとき、シルベスターさんは手をたたいて、「なんてすてきなアイデアなの。キャンディコーン［オレンジ色と黄色と白の、トウモロコシの粒《つぶ》のかたちをしたお菓子《かし》］をあげるわ」と言った。

シルベスターさんは、いつも季節を問わず、机《つくえ》の上に異様《いよう》に大きなキャンディコーンのびんをおいている。というのも、人に食べ物を与《あた》えることをいいことだと信じているからだ。白鳥にえさをやるのもいいことだと信じている。毎日、昼休みになると、白鳥のえさが入った袋《ふくろ》を持って、病院のそばの池へと出かける。

シルベスターさんは背《せ》がとても低かった。白鳥は大きくて首が長かった。だから白鳥の群《む》れのなかに、スカーフで頭をおおい、白鳥のえさが入った大きな袋を持って立っているシルベスターさんは、まるでおとぎ話から抜《ぬ》けだしてきた人のように見えた。

でもレイミーには、なんのおとぎ話なのかはわからなかった。

たぶん、まだ語られたことのないおとぎ話なのだろう。

お父さんのジム・クラークが歯科衛生士《えいせいし》とかけおちしてしまったことをどう思うか聞いたとき、シルベスターさんは、「そうね、たいていのことは最後には丸くおさまるっていうのがわたしの考えよ」と言った。

本当に、たいていのことは最後には丸くおさまるの?

レイミーにはわからなかった。

シルベスターさんが小鳥のような声で言うと、バカげた(でも本当かもしれない)考えのように思えた。

「もしあなたが中央フロリダ・タイヤ社の美少女コンテストで優勝《ゆうしょう》したいなら、バトントワリングを習わないと。バトントワリングのいちばんの先生はアイダ・ニーよ。世界チャンピオンですからね」

5

というわけで、レイミーはアイダ・ニーの裏庭《うらにわ》で、アイダ・ニーの松の木の下にいた。

バトントワリングを習っていたのだった。

いや、習っているはずだった。

ところが、ピンクのワンピースの女の子が気絶《きぜつ》したせいで、レッスンはとつぜん中断《ちゅうだん》された。

「バカげてる」アイダ・ニーはきっぱりと言った。「わたしのクラスではだれも気絶したりしない。気絶するなんて信じられない」

じっさいに気絶している人が目の前にいるというのに、信じるとか信じないとかいうことなのだろうか。でも、アイダ・ニーは世界チャンピオンだから、おそらく自分がなにを言っているのかわかっているのだろう。

「本当にくだらない。こんなくだらないことに使う時間はないわ」

この宣告《せんこく》のあと、一瞬《いっしゅん》、あたりがしいんとした。それからベバリーがピンクのワンピースの女の子をひっぱたいた。

片方《かたほう》のほおをひっぱたき、それからもう一方のほおをひっぱたいた。

「なにごと?」アイダ・ニーがたずねた。

「気絶した人にはこうすればいいんです。ひっぱたくんです」そう言ってベバリーはまた女の子をひっぱたいた。「目を覚ましてよ！」

女の子は目を開けて、「ええ？　郡の養護施設《ようごしせつ》がむかえにきたの？　マーシャ・ジーンがここにいるの？」と言った。

「マーシャ・ジーンなんて知らないよ。気絶《きぜつ》してたんだよ」

「そうなの？」女の子はまばたいた。「あたし、ひどいぜんそく持ちなの」

「今日のレッスンは終わり」アイダ・ニーが言った。「なまけ者に、仮病《けびょう》をつかう者、それに気絶するような者に関わっている時間はないわ」

「そうなんだ」ベバリーが答えた。「どっちみち、だれもつまんないバトントワリングなんて習いたいと思ってないよ」

それは正しくはなかった。

レイミーは習いたかった。

というより、本当は習わなくてはならなかったのだ。

でも、ベバリーに反対するのは、いい考えではなさそうだった。

アイダ・ニーは三人をおいて、湖のほうへと足早に歩いていってしまった。白いブーツをはいた足をとても高くあげて歩いていた。その歩くさまを見ただけで、世界チャンピオンだとわかる。

「起きてよ」ベバリーが気絶《きぜつ》していた女の子に言った。

女の子は起きあがった。まるでなにかのまちがいでアイダ・ニーの家に連れてこられたかのように、おどろいてまわりを見わたした。まばたきして、頭に手をやる。「頭のなかが羽根みたいにふわふわしてるんだけど」

「まったく。気絶したせいだよ」ベバリーが言った。

「あたしって、空飛ぶエレファンテの一員として、失格《しっかく》ね」

長い沈黙《ちんもく》が流れた。

「エレファンテって、なに？」ようやくレイミーが口をひらいた。

女の子はまばたきした。その子の金髪《きんぱつ》が太陽の下で白く光る。「あたしの名前よ。あたしの名前はルイジアナ・エレファンテっていうの。両親は空飛ぶエレファンテなの。聞いたことない？」

「ないよ」ベバリーが答えた。「そんな人たち、聞いたことないよ。もう立ちなよ」

ルイジアナは手を胸《むね》にあてた。息を深く吸《す》いこむと、ゼーゼーと音がした。

ベバリーは目を丸くしつつ、「さあ」と言って、手をさしのべた。うす汚《ぎたな》い手だった。指はごつくて、爪《つめ》も汚《きたな》いし、かんであった。そんな汚さにもかかわらず、いや、たぶんそのせいで、とてもたのもしく見える手だった。

ルイジアナがその手をつかむと、ベバリーが引っぱりあげた。

「あらまあ」ルイジアナが言った。「あたしの心は、羽根と後悔《こうかい》でいっぱいなの。それに、不安も。不安に思うことがいっぱい」

ルイジアナは立ちあがって、ベバリーとレイミーを見つめた。目の色は暗かった。茶色、いや黒だ。彫《ほ》りの深い顔立ちをしている。まばたきした。

「聞きたいことがひとつあるの。今まで生きてきて、すべてのことが、絶対《ぜったい》にすべてのことが、自分しだいだって、気がついたことある?」

レイミーはこの質問《しつもん》にまよわずに答えた。「ある」

「うーん」と、ベバリー。

「それって、ぞくぞくっとしない?」ルイジアナがたずねた。

三人はたがいを見合いながら立っていた。

レイミーは、なにかが自分のなかでひろがっていくのを感じた。巨大《きょだい》なテントがふくらんでいくみたいに。

レイミーにはわかっていた、それが自分の魂《たましい》だと。

ボーカウスキのおばあさんはレイミーの家の向かいに住んでいて、とてもとても年をとっていた。たいていの人が自分の魂をむだにしている、というのが口ぐせだった。

レイミーが「どうやって魂をむだにするんですか?」と聞くと、「しぼませるんだよ」と、ボーカウスキのおばあさんは教えてくれた。「ふうーっ」

このふうーっは、たぶん(レイミーは確信《かくしん》が持てなかった)魂がしぼむときの音なのだろう。

でも今は、ルイジアナ、ベバリーとならんでアイダ・ニーの裏庭《うらにわ》に立っていて、自分の魂がしぼんでいるなんて気はぜんぜんしなかった。

それどころか、ふくらんできている。大きくなって、もっと輝《かがや》き、もっと確《たし》かなものになってきている。

湖の桟橋《さんばし》のはしで、アイダ・ニーはバトンをまわしていた。バトンがキラキラと輝いている。空にむかってぽーんと高く投げあげられたバトンは、針《はり》のように見えた。

秘密《ひみつ》っぽくて、細くて、明るくて、そして孤独《こどく》なバトンが、青空のなかでキラキラ光る。

さっき聞いた言葉を思い出した。**ごめんね、裏切《うらぎ》ってごめんね。**

レイミーは、ルイジアナのほうにむきなおって、たずねた。「アーチーって、だれ？」

6

「あのね、最初から話すわね、だって、いつだって物語ははじまりから話すのがいちばんいいでしょ」ルイジアナが言った。

ベバリーは、ふふんと鼻先で笑った。

「むかしむかし、とても遠くて、でもふしぎなくらい近い国に、アーチー・エレファンテという一匹《ぴき》の猫《ねこ》が住んでいました。その猫はあがめられ、愛され、猫の王様として知られていました。ところが、暗やみが押《お》しよせてきて……」

「さっさとなにが起こったか言ったら？」ベバリーが口をはさんだ。

「いいわよ、そう言うなら。おしまいを教えてあげる。あたしたち、アーチーを裏切《うらぎ》ったの」

「どうして？」レイミーが身を乗りだした。

「えさ代が払《はら》えなくなったから、なかよし動物センターに連れてかなくちゃならなかったの」

「なかよし動物センターってなに？」ベバリーが首をかしげた。「聞いたことないな」

「なかよし動物センターを聞いたことがないなんて、信じられないわ。アーチーに一日三回ごはんをあげて、耳の後ろをアーチーが喜ぶようにくすぐってくれるところよ。だけど、あそこにおいてくるべきじゃなかったわ。裏切《うらぎ》り行為《こうい》よ。そう、あたし裏切ったの」

レイミーは胸《むね》が苦しくなった。**裏切った。**

「でも心配しないで」ルイジアナは胸に手をあて、深呼吸《しんこきゅう》した。笑顔《えがお》がまぶしい。「あたし、中央フロリダ・タイヤ社の一九七五年度美少女コンテストに応募《おうぼ》したの。優勝《ゆうしょう》して一九七五ドルの賞金を手に入れたら、施設《しせつ》に行かなくてすむし、アーチーをなかよし動物センターから取りもどせるし、そしたら、二度とつらくならずにすむし」

レイミーの魂《たましい》は、テントになるのをやめた。

「あなた、中央フロリダ・タイヤ社の美少女コンテストに出るの？」

「うん、そうなの。あたしって芸能《げいのう》一家出身だから、きっと優勝できると思うの」

レイミーの魂がしぼんでいった。小石みたいな固いものへと変わっていく。

「さっきも言ったけど、あたしの両親は空飛ぶエレファンテなの」ルイジアナはかがんでバトンを拾いあげた。「有名なの」

ベバリーはレイミーにむかって目を丸くしてみせた。

「本当なんだから。世界中を旅してまわっていたのよ。トランクには名前が印字されてたし。〈空飛ぶエレファンテ〉ってね。トランクによ」ルイジアナはバトンを持った手をのばし、まるで頭の上に金色の文字を描《えが》くようにバトンをまわした。「トランクはいくつもあって全部名前入りだったの。しゃれたデザインの字なんだから。それはすてきなの」

「わたしもコンテストに出るの」レイミーが小声で言った。

「なんのコンテスト?」ルイジアナがまばたきした。

「中央フロリダ・タイヤ社の美少女コンテスト」

「あらまあ!」ルイジアナは、また、まばたきした。

「あたしはそのコンテストを荒《あ》らすつもり」ベバリーが言った。レイミーを見て、ルイジアナを見て、それから、ショートパンツのポケットに手をつっこみ、折りたたみ式のポケットナイフを取りだした。刃《は》を出す。よく切れそうなナイフだ。

まだ太陽が空高くさんさんと輝《かがや》いているのに、とつぜん、世界は輝きを失い、かげった。

大好きなボーカウスキのおばあさんが、太陽にたよってはいけないと、いつも言っていた。

「太陽ってなんだと思う？　教えてあげるよ。死にかけてる星、それ以外のなんでもないよ。そのうち消えちゃうんだから。ふうーっ」

ふうーっは、じつはボーカウスキのおばあさんの口ぐせで、たくさんのことをこの一言でかたづけていた。

「そのナイフ、なにに使うの？」ルイジアナが聞いた。

「さっき言ったでしょ。コンテストを荒《あ》らすんだ。全部だいなしにしてやる」そう言うと、ベバリーはナイフで空《くう》をサッと切った。

「あらまあ」

「そういうこと」ベバリーはかすかにほほえんでから、ナイフをたたみ、ショートパンツのポケットにもどした。

7

三人は、アイダ・ニーの家の前にぐるりとまわりこんでいる私道まで、いっしょに歩いていった。

アイダ・ニーはまだ湖の桟橋《さんばし》にいて、足を高くあげて行ったり来たりしながら、バトンをまわしていた。ひとりごとを言っている。レイミーには怒《いか》りのこもった低い声が聞こえてきたけれど、なにを言っているのかは聞きとれなかった。

「美少女コンテストなんて、どれも大っきらいだ」ベバリーが言いだした。「おじぎにリボンにバトン、みんな大っきらい。スパンコールがついたドレスもきらい。ママが手当たりしだい、あたしを美少女コンテストに出場させてきたんだ。もう、うんざり。だから今度のは荒《あ》らすって決めてるんだ」

ルイジアナが反論《はんろん》した。「でも、優勝《ゆうしょう》すると一九七五ドルの賞金がもらえるのよ。大金《たいきん》だわ。ものすごい大金よ。一九七五ドルでどれだけツナ缶《かん》が買えるか、考えたことある？」

「ないよ、そんなこと」

「ツナにはたんぱく質《しつ》がたくさん入ってるの。施設《しせつ》じゃあ、ソーセージ用のひき肉をはさんだサンドイッチしか食べさせてくれないの。それってぜんそくによくないのよ」

大きな音がして、この会話は中断《ちゅうだん》された。側面にウッドパネルのついた大きな車が、アイダ・ニーの家の前までぐるりとまわりこんでいる私道を、猛烈《もうれつ》なスピードでやってくる。運転席の後ろのドアがはずれかけていて、いったん大きくひらいたかと思うと、バタンととじた。

「おばあちゃんが来たわ」ルイジアナがうれしそうに言った。

「どこにいるの?」レイミーはたずねた。

というのも、人が運転しているようには見えなかったからだ。首をなくした伝説の騎士《きし》が、馬ではなく、ステーションワゴンに乗っているような感じだ。

それから、レイミーはハンドルに両手がおかれているのに気がついた。砂利《じゃり》とほこりをまき散らして、車が私道をのぼりきったそのとき、大きな声がした。「ルイジアナ・エレファンテ、車に乗りなさい!」

「行かないと」ルイジアナが言った。

「みたいだね」ベバリーが言った。

「会えてよかったわ」とレイミー。

「急いで!」車のなかから怒鳴《どな》り声がした。「マーシャ・ジーンが近くまで追ってきているよ。あたしにはわかるんだ。あいつの邪悪《じゃあく》な空気が伝わってくるよ」

「あらまあ」ルイジアナは車の後ろの席に乗りこみ、こわれたドアを引っぱって閉《し》めた。

「もしマーシャ・ジーンがやってきても、あたしを見かけたなんて言わないでね」ルイジアナは、レイミーとベバリーにむかって大声で言った。「あの人の手帳《てちょう》に、なにも書かれたくないの。それから、あたしがどこにいるかなんて知らないって言って」

「あたしたちは、あんたがどこにいるかなんて**知らないよ**」ベバリーが皮肉っぽく言った。

「マーシャ・ジーンってだれ？」レイミーが聞いた。

「質問《しつもん》するのはやめなよ」ベバリーがレイミーをとめた。「もっと作り話をでっちあげるだけだよ」

車は急発進した。後ろのドアが大きく開き、バンと大きな音をたてて閉まったあと、うまく閉まったまま、車はおどろくべきいきおいで加速した。エンジンがごう音をたてたかと思ったら、車は完全に視界《しかい》から消えた。レイミーとベバリーは、ほこりと砂利《じゃり》と排気《はいき》ガスが立ちこめるなかに残され、立ちつくした。

ふうーっ。ボーカウスキのおばあさんだったら、きっとこう言った。

ふうーっ。

8

「あの二人、犯罪者《はんざいしゃ》じゃないのかな」ベバリーが言いだした。「あの子と、透明《とうめい》人間みたいなおばあちゃんがさ。ボニーとクライドみたいだ」

ルイジアナとおばあちゃんは、今まで見たり聞いたりしたことのあるだれとも似《に》ていないなと思いながらも、レイミーはうなずいた。

「そもそもボニーとクライドが何者か知ってる?」

「銀行強盗《ごうとう》」

「わかってるじゃない。有名な犯罪者だよ。あの二人、いかにも銀行強盗しそうに見えない? しかも、ルイジアナなんて名前、おかしいよ。ルイジアナって州の名前でしょ? 人にそんな名前つけるなんて変。たぶん、あの子はにせの名前を使ってるんだ。それで警察《けいさつ》から逃《に》げてて、だからウサギみたいに、あんなにびくびくしてるんだ。いい、こわがるなんて、時間のむだ。あたしには、こわいものなんてないんだ」

ベバリーはバトンを空中高く投げあげて、いかにもなれた手つきで、落ちてきたバトンをキャッチした。

レイミーはおどろいて、心臓《しんぞう》がぎゅっと縮《ちぢ》まるような気がした。

「もう上手にまわせるじゃない」

「だからなに？」ベバリーが言いかえしてきた。

「なんでレッスンなんか受けるの？」

「あんたには関係のないことでしょ。あんたこそ、なんでレッスンを受けるのさ？」

「それは、コンテストで優勝《ゆうしょう》しなくちゃならないから」

「言ったでしょ。コンテストなんて中止なんだからね。やらせるもんか。荒《あ》らすために、いろんな方法を調べてあるんだから。今はJ．フレデリック・マーフィーっていう犯罪者《はんざいしゃ》が書いた金庫やぶりの本を読んでる。その人のこと知ってる？」

レイミーは首を横にふった。

「そうだと思った。パパがその本をくれたんだ。パパは犯罪にくわしいんだ。あたしは、どうやって金庫をやぶるのか勉強してるところ」

「お父さんって、おまわりさんじゃなかったっけ？」

「そう、そうだよ。なにが言いたいのさ？　もう鍵《かぎ》は開けられるようになったし。鍵をこじ開けたことある？」

「ううん」

「そうだと思った」ベバリーはまた言った。

そしてバトンを投げあげると、ごつい手でキャッチした。それを見ていると、バトントワリングは簡単《かんたん》なようにも、ものすごく難《むずか》しいようにも思えてきた。

見ているのが苦痛《くつう》だった。

とつぜん、すべてが無意味に思えた。

お父さんに家にもどってもらう計画なんて、ぜんぜんたいした計画じゃない。わたし、なにしているんだろう。わからない。ひとりぼっちで、迷子《まいご》になって、漂流《ひょうりゅう》してる。

ごめんね、裏切《うらぎ》ってごめんね。

ふうーっ。

コンテストを荒《あ》らす。

「捕《つか》まるかもしれないのに、こわくないの？」

「もう言ったでしょ。なんにもこわくないんだってば」ベバリーが答えた。

「なんにも?」

「なんにも」ベバリーは、顔つきが変わるくらいに、じいっとレイミーを見つめた。目が輝《かがや》いている。

「なにか秘密《ひみつ》があるでしょ」ベバリーがささやいた。

「えっ、なに?」レイミーはおどろいた。

ベバリーはレイミーから目をそらした。ため息をつく。バトンを投げあげてはキャッチし、それからまた投げあげた。バトンが空と砂利《じゃり》の間に浮《う》いた一瞬《いっしゅん》のすきに、ベバリーは、「秘密があるでしょ、教えてよ」と言った。

そして、バトンをキャッチすると、レイミーを見た。

どうしてベバリーに話す気になったのかわからない。

でも、レイミーは打ち明けた。

「お父さんが歯科衛生士《えいせいし》といっしょに家を出ていってしまったの。それも真夜中に」

かならずしも秘密というわけじゃなかったけれど、一語一語が残酷《ざんこく》なまでに真実で、口に出して言うと胸《むね》が痛《いた》んだ。

「みんないつだって、そういうつまんないことするんだよねえ」ベバリーが言った。「靴《くつ》を持って、暗い廊下《ろうか》をこっそりと歩くなんてさ。さようならも言わずに」

レイミーには、お父さんが靴《くつ》を持って廊下をこっそりと歩いたかどうかはわからなかったけれど、さようならを言わずにいなくなったのは確《たし》かだ。この事実を改めて考えると、心のなかでなにかがはじけた。この気持ちはなんだろう。強い怒り《いか》？　不信？　悲しみ？

「ほんとにほんとに、頭きちゃう」ベバリーはそう言うなり、ゴムのついたバトンの先端《せんたん》で、私道の砂利《じゃり》をガンガンとたたきだした。ベバリーのはげしい怒りから死にものぐるいで逃《のが》れようとするかのように、小さな石が空中に飛びちった。

バン、バン、バン。

ベバリーが砂利をたたいているのを、レイミーは感心するような、こわいような気持ちで見つめた。こんなに怒《おこ》る人ってはじめて見た。

ひどいほこりだ。

キラキラ、ピカピカと輝《かがや》く青にぬられた車が視界《しかい》に入り、私道を進んできて、目の前でとまった。

ベバリーは車を無視《むし》した。

砂利をたたき続けている。

全世界をこなごなにするまで、やめるつもりはないらしい。

9

「やめなさい！」車の運転席にすわっている女の人がさけんだ。

ベバリーはやめなかった。バン、バン、バン、バン。

「そのバトン、高かったのよ」女の人はレイミーのほうをむいた。「やめさせて」

「わたしが？」

「そう、あなたよ。ほかにだれがいるの？　その子からバトンを取りあげて」

その女の人は、目元に緑のアイシャドウをぬり、長いつけまつげをつけ、ほおに濃《こ》いチークを入れていた。でも、チークとアイシャドウとつけまつげをつけていても、その顔は見覚えのある顔にそっくりだった。ベバリー・タピンスキがそのまま大人になった顔。もっと怒《おこ》っているもう一人のベバリー。もし、もっと怒れるものならば。

「どうしてわたしが、なんでもしなくちゃならないのよ」と、もう一人のベバリーが言った。これは、大人がものすごく好んで口にしたがる質問《しつもん》で、答えのない質問だ。

レイミーが返事をする間《ま》もなく、その女の人は車からおりてきて、ベバリーのバトンをつかむと、自分のほうへと引っぱった。ベバリーも負けてはいない。

もっとほこりが舞《ま》いあがった。

「はなしてよ」ベバリーがうめいた。

「あんたこそ、はなしなさい」女の人は、ベバリーの母親にちがいないけれど、そのふるまいは母親らしくなかった。

「バカなことは、今すぐにやめなさい！」アイダ・ニーがどこからともなく現《あらわ》れて、命令した。輝《かがや》く白いブーツをはいて、二人の前に立ちはだかり、バトンを剣《けん》のようにつきだした。教会の日曜学校で読む物語に出てくる復讐《ふくしゅう》の天使みたいだった。

ベバリーと女の人は、引っぱり合うのをやめた。

「ロンダ、いったいどうしたの？」

「べつに」女の人が言った。

「自分の娘《むすめ》に言うことを聞かせられないの？」

「あっちがはじめたんだ」ベバリーが口をひらいた。

「ここから出ていって、二人とも」アイダ・ニーはそう言うと、バトンで車をさした。「礼《れい》儀《ぎ》正しくふるまえるようになるまで、ここには来ないで。ロンダ、恥《は》ずかしくないの？　あなたはバトントワラーのチャンピオンだったのよ」

ベバリーは車の後部座席《ざせき》に乗りこみ、母親は前に乗った。二人して同時にドアをバンと閉《し》めた。

「また明日ね」車が私道から出ていくときに、レイミーは言った。

「ふん！」ベバリーは言った。「もう二度と会わないよ」

その言葉は、どういうわけか、お腹《なか》にずしんと響《ひび》いた。夜中に靴《くつ》を持って廊下《ろうか》を忍《しの》び歩くだれか、さようならを言わずに立ち去ろうとしているだれかを思い出させる言葉だった。

レイミーは車からはなれ、アイダ・ニーを見た。アイダ・ニーは首をふりふりレイミーの横を足を高くあげて通りすぎ、バトントワリングの事務所《じむしょ》(じつはただの車庫だった)へ入ると、ドアを閉めた。

レイミーの魂《たましい》は、ふくらんだテントどころか、小石ですらなかった。

魂は完全に消えたような気がした。

ずいぶんたって、あるいは、ずいぶんたったと思ったのは気のせいだったかもしれないけれど、レイミーの母親がむかえにきた。

「レッスンはどうだった？」レイミーが車に乗りこむと、お母さんは聞いた。

「ややこしかった」

「なんだってややこしいのよ。バトントワリングなんか、どうして習いたいのか、さっぱりわからないわ。去年の夏はライフセービング［水難事故《すいなんじこ》の人命救助］の講座《こうざ》に通ったでしょ。で、今年の夏はバトントワリング。わけがわからないわよ」

レイミーはひざの上においたバトンを見た。**計画があるの。**そう言いたかった。**バトントワリングは計画の一部なんだ**と。目をとじ、レストランのボックス席でリー・アン・ディカーソンとむかい合ってすわっているお父さんのことを思った。

お父さんは、新聞をひらき、娘《むすめ》が中央フロリダ・タイヤ社主催《しゅさい》の美少女コンテストで優勝《ゆうしょう》したという記事を見つけるかもしれない。さすがと思ってくれるかな？すぐに家に帰らなくちゃって思うかな？リー・アン・ディカーソンはびっくりして、焼きもちをやくかも？

「あなたのお父さんは、あの女のいったいどこがよかったのかしら？」まるでレイミーが考えていることを見すかしたかのように、レイミーの母親はたずねた。「そう、どこがよかったのかしら」

レイミーはこの質問《しつもん》を、大人がよく口にする、答えるのが不可能《ふかのう》な質問、答えのない質問のひとつに加えることにした。

そして、去年のライフセービング基礎講座《きそこうざ》のコーチ、スタフォプロス先生のことを思い出した。答えのない質問なんてしない人だった。

先生がした、たったひとつの質問はこうだ。「問題をひきおこす人間になるか、問題を解《かい》決《けつ》する人間になるか、どっちだ？」

答えは明らかだった。

問題を解決する人間になりたい。

10

スタフォプロス先生の足の指には毛がはえていて、背中《せなか》にも毛がびっしりはえていた。銀色のホイッスルを首にかけている。先生はどんなときもホイッスルをはずさないのだろうと、レイミーは思った。

先生は人をおぼれさせないことに、とても熱心だった。

「みんな、陸地はあとからできたものなんだ!」それが、先生がライフセービング基礎講《きそこう》座《ざ》で受講生《じゅこうせい》全員に言ったことだ。「世界は水でできている、だから溺死《できし》は、たえずつきまとう危険《きけん》である。わたしたちはたがいに助け合わなければならない。いっしょに問題を解決《かいけつ》する人間になろう」

そして先生がホイッスルを吹《ふ》き、エドガーを水に放りこむと、ライフセービングの講座ははじまる。

エドガーはダミー人形だった。背《せ》の高さは百六十センチ。ジーンズをはいて、チェックのボタンダウンのシャツを着ていた。目はボタン、赤の油性《ゆせい》マーカーペンで描《えが》かれた口。笑っている。体には綿《わた》がつめこまれていて、ちゃんと乾《かわ》くことはないし、手、足、そしてお腹《なか》に石が縫《ぬ》いこんであって、沈《しず》むようになっていた。エドガーはかびくさかった。どこか甘《あま》く悲しいにおい。

エドガーを作ったのはスタフォプロス先生だ。わざとおぼれるように作られている。

おぼれて、救助されて、またおぼれるためにこの世に生まれてくるなんて、おかしいと思う。

もうひとつ、レイミーがおかしいと思ったことは、エドガーがずっと笑っているように作られたということだ。

もし自分がエドガーを作るとしたら、もっとふしぎそうな表情《ひょうじょう》を浮《う》かべた顔にする。

でもどちらにせよ、エドガーと先生はもういない。去年の夏の終わりにノース・キャロライナ州へ行ってしまった。

二人が行ってしまうその日、レイミーは、スーパーマーケットのタグ・アンド・バッグの駐車場《ちゅうしゃじょう》で二人に出くわした。スタフォプロス先生の持ち物が車にのせられていて、乗りきらない物は車の屋根にくくりつけられていた。エドガーは後部座席《ざせき》にすわっていて、まっすぐに前を見つめていた。もちろん笑っていた。先生はちょうど、車に乗るところだった。

「スタフォプロス先生、さようなら」レイミーは大きな声で言った。

先生はふりむいた。「レイミー、レイミー・クラークだね」車のドアを閉《し》めると、先生はレイミーのほうへと歩いてきた。そして、レイミーの頭に手をのせた。

タグ・アンド・バッグの駐車場は暑かった。カモメが頭上をぐるぐる飛びまわり、かん高く鳴いていた。先生が頭にのせた手は重いのに、軽くもあった。

先生はカーキ色のズボンをはき、ビーチサンダルをはいていた。足の指の毛が見えた。首からぶらさがったホイッスルに、太陽の光があたって、小さな光の輪をつくっていた。まるで、先生の中心になにかがあって、それが燃《も》えているかのようだった。

太陽の光がそこらへんに放置されているショッピングカートに反射《はんしゃ》して、カートはこの世のものとは思えないほど美しく輝《かがや》いていた。すべてがきらめいている。カモメが大声で鳴いていた。レイミーは、なにかすばらしいことがこれから起こる、と思った。

でも、長いなと感じるほど長い間、先生が頭に手をのせていたこと以外、なにも起こらなかった。それから先生は手をあげ、レイミーの肩《かた》をギュッとつかむと言った。「レイミー、さようなら」

それだけ。

「レイミー、さようなら」

どうして、さようならという言葉がこんなに胸《むね》に響《ひび》くのだろう。

レイミーにはわからなかった。

11

ひどく変わったバトントワリングのレッスンから家にもどると、レイミーは自分の部屋のドアを閉《し》め、中央フロリダ・タイヤ社美少女コンテストの応募《おうぼ》用紙に記入するために、机《つくえ》にむかった。ガリ版《ばん》刷《ず》りの二ページの用紙は、中央フロリダ・タイヤ社オーナーのピット氏が自分でタイプしたにちがいない。タイプはあまり得意じゃなさそうだ。応募用紙の文字がまちがいだらけなせいで、なぜか計画全体（コンテスト、レイミーが優勝《ゆうしょう》するかもしれないという希望、さらにはお父さんが家にもどってくるかもしれないという希望）の雲行《くもゆ》きがあやしくなったように感じられた。

最初の質問《しつもん》はすべて大文字でタイプされていた。〈一九七五年度の中央フロリダ・タイヤ社美少女になりたいですか？〉

ところが、この質問に対する答えを書く余白《よはく》がなかった。でもこれは質問だったし、応募用紙には〈**すべての質問**にかなりすゝ答えること〉とあるから、答えを書くのがいちばんに思えた。

「イエス」と、最初の質問《しつもん》の「？」のすぐあとに、ギュッとつめて書いた。ＹＥＳと全部、大文字で書いた。最後に「！」をつけようか、ちょっとまよったけれど、けっきょくつけなかった。

そして、自分の名前を書いた。レイミー・クラーク。

住所、フロリダ州リスター、ボートン街１２１３。

年齢《ねんれい》、十歳《さい》。

今ごろルイジアナとベバリーも、自分の部屋で応募《おうぼ》用紙に書きこんでいるのかも。コンテストを荒《あ》らすつもりでも、応募用紙に書きこむのかな？

目をとじると、ルイジアナがバトンで空中に「空飛ぶエレファンテ」と書くのが見えた気がした。芸能《げいのう》一家出身のルイジアナみたいな子と、どうやって競争したらいいのだろう。

レイミーは目を開けて、窓《まど》の外を見た。ボーカウスキのおばあさんが、道路の真ん中でビーチチェアに寝《ね》そべっている。靴《くつ》のひもがほどけたままだ。おばあさんは顔を太陽にむけている。

お母さんは、おばあさんがものすごい変人だと言う。

レイミーは、お母さんの言うことが本当かどうかわからなかった。でも、レイミーには、ボーカウスキのおばあさんは物知りで、大切なことを知っているように思えた。知っていることを教えてくれることもあったけれど、さらに踏《ふ》みこんでたずねると、知っていても「ふうーっ」としか言わず、教えてくれないこともあった。

おばあさんだったらきっと、空飛ぶエレファンテがどんな人たちなのか知っているかも。

レイミーは机《つくえ》の上の応募《おうぼ》用紙を見た。〈あなたがしたことのある**よい行い**を記入してください。書ききれない場合は、別紙に記入してください〉

よい行い？　よい行いって、なにを書けばいいの？

レイミーの胃が縮《ちぢ》こまった。そこでいすから立ちあがり、部屋を出て、玄関《げんかん》まで行き、道路の真ん中まで歩いていった。ビーチチェアに寝《ね》そべっているボーカウスキのおばあさんの前に立った。

「なに？」目をとじたまま、おばあさんが言った。

「今、応募用紙を書きかけてるんだけど」

「そう、だからなに？」

「よい行いをしなくちゃならないの」

「昔ね」とおばあさんが話しだした。うれしそうに舌《した》を鳴らす。目はまだとじたままだ。「昔、あることが起こったんだよ」

あきらかにおばあさんは物語を語るつもりだ。レイミーは道路の真ん中で、おばあさんの足元にすわりこんだ。アスファルトの道路が温かい。レイミーは、ひものほどけたおばあさんの靴《くつ》を見た。

おばあさんは靴のひもを結ばない。

年を取りすぎて、足まで手をのばせないから。

「昔、あることが起こったんだよ」おばあさんはくりかえした。「あたしは海で小船に乗っていた。見たんだよ。母親に抱《だ》かれていた赤《あか》ん坊《ぼう》がさらわれたんだ。鳥にさ。とてつもなく大きな海鳥にだよ」

「この話って、よい行いに関係のある話ですか？」レイミーは聞いた。

「母親のさけび声ったら、すさまじかったよ」

「でも、赤ちゃんを取りもどせた、でしょう？」

「その大きな海鳥からかい？　それはないよ。ああいった大きな海鳥はね、さらったものをとっておくんだ。ボタンやヘアピンだってぬすむしね」ボーカウスキのおばあさんが頭を起こして目をひらき、レイミーを見た。まばたきをする。おばあさんの目はとても悲しげな、淡《あわ》い水色の目だった。「海鳥のつばさは本当に大きかった。まるで天使の羽根じゃないかって思ったね」

「じゃあ、その海鳥ってほんとは天使なの？　それだから、よい行いとして赤ちゃんを助けたの？」

「ふうーっ」おばあさんは手をふった。「知らないよ。あたしは目の前で起こったことをあんたに話しているだけだから。この目で見たことをね。あとは、あんたの好きなように考えたらいいよ。明日、うちに来て、足の爪《つめ》を切ってくれるかい？　そうしたらお菓子《かし》を、メレンゲをあげるから。いいね？」

「わかりました」

ボーカウスキのおばあさんの足の爪を切るって、よい行いのうちに入るのかな？　ううん、たぶんちがう。足の爪を切るといつもお菓子をもらう。見返りに物をもらうんだから、よい行いにはならないだろう。

おばあさんは目をとじて、さっきまでしていたように頭を後ろにかたむけた。少したつと、いびきをかきだした。

レイミーは立ちあがり、家へもどると台所に入った。

電話の受話器をとると、父親の事務所《じむしょ》へ電話をかけた。

「クラーク家族保険《ほけん》代理店です」シルベスターさんの小鳥がさえずるような声がした。「なにかお困《こま》りでしょうか？」

レイミーはだまったままだった。

シルベスターさんは咳《せき》ばらいをして、もう一度言った。「クラーク家族保険代理店です。なにかお困りでしょうか？」

シルベスターさんの「なにかお困りでしょうか？」をくりかえし聞くのは、心地《ここち》よかった。じっさいのところ、レイミーはこのシルベスターさんの質問《しつもん》を一日に何百回でも聞きたいと思った。それほどほっとする言葉だった。なにかいいことが起こりそうな言葉だった。

「シルベスターさん？」

「まあ、こんにちは」

レイミーは目をとじ、シルベスターさんの机《つくえ》の上におかれたキャンディコーンの巨大《きょだい》なびんを思いえがいた。午後のおそい時間、太陽の光が直接《ちょくせつ》あたると、びんはまるで火がともったランプのように見えた。

レイミーは、今、びんが輝《かがや》いているかもと思った。

シルベスターさんの机《つくえ》の後ろには、お父さんの執務室《しつむしつ》のドアがある。ドアは閉《し》まっているし、中にはだれもいない。だれもお父さんのいすにはすわっていない、だってお父さんは行ってしまったから。

レイミーはお父さんの顔を思いうかべようとした。机にむかっているお父さんの姿《すがた》を想像《そうぞう》しようとした。

でも、できなかった。

パニックの波が押《お》しよせてきた。お父さんがいなくなってまだ二日だっていうのに、お父さんの顔を思い出せないなんて。絶対《ぜったい》に帰ってきてもらわないと！

どうして電話しているのか、レイミーは思い出した。

「シルベスターさん、コンテストに出るのに、よい行いをしなくちゃならないの」

「心配いらないわ。あなたの家から道を下っていったところに、ゴールデン・グレン老人ホームがあるでしょ。お年寄《としよ》りに本を読んであげたらどうかしら？　お年寄りって、本を読んでもらうのが大好きなのよ」

お年寄りって、本を読んでもらうのが大好きなの？　レイミーにはよくわからなかった。

ボーカウスキのおばあさんはお年寄《としよ》りだったけれど、レイミーにしてもらいたいことは、いつだって足の爪《つめ》を切ることだった。

「はじめてのバトントワリングのレッスンはどうだったの?」シルベスターさんが聞いた。

「おもしろかった」

ルイジアナがひざからくずれ落ちて倒《たお》れる姿《すがた》が、ぱっと頭に浮《う》かんだ。つぎに、砂利《じゃり》のほこりが舞《ま》いあがるなかで、ベバリー・タピンスキと母親がバトンの取り合いをしているようすも。

「なにか新しいことを習うって、わくわくしない?」

「ええ」レイミーは答えた。

「お母さんはどうしていらっしゃるの?」

「今だったら、サンルームでソファにすわってる。よくそうしてる。ほとんどすわったままなの。ほかのことはぜんぜんしなくて、ソファにただすわってるだけ」

「そうなのね」シルベスターさんは言った。しばらく間《ま》があった。「大丈夫《だいじょうぶ》よ。今にわかるから。できることをしたらいいのよ」

「わかりました」

ルイジアナの言葉が、ふっと浮《う》かんだ。つらすぎて、これ以上は無理。レイミーは口に出してこそ言わなかったけれど、その言葉が自分のなかを流れるのを感じた。親切で、鳥がさえずるような声の持ち主のシルベスターさんだって、ルイジアナの言葉が聞こえたにちがいない。だってこう言ったから。「読んであげるのにちょうどいい本を選んで、ゴールデン・グレン老人ホームへ行けばいいの。大歓迎《だいかんげい》されるわよ。できることからしていきましょうね。わかった？　なんとかなるから。最後には、なるようになりますよ」

12

電話を切ってから、レイミーは、シルベスターさんが言った、読んであげるのにちょうどいい本ってどんな本だろうと考えた。

リビングルームへ行き、毛足の長い黄色いカーペットの上に立って、本棚《ほんだな》をじっと見つめた。そこにある本は、背表紙《せびょうし》が茶色い革《かわ》の、難《むずか》しい本ばかりだった。お父さんの本だった。もしお父さんが家に帰ってきたときに、本が一冊《さつ》なくなっていたら？　ここにある本はそのままにしておくのがいいと、レイミーは思った。

レイミーは自分の部屋へもどった。ベッドの上にある棚《たな》におかれていたのは小石、貝殻《かいがら》、ぬいぐるみ、そして何冊《なんさつ》かの本だった。『床下《ゆかした》の小人たち』は？　だめ。どこの大人が、床下に住んでる小人の話を信じてくれるだろう。『くまのパディントン』は？　この本は明るすぎ、かつ、たわいなさすぎて、老人ホームのまじめさに合わない気がした。『大きな森の小さな家』は？　すごく年とった人は、おそらくこの本に出てくるような生活をしたことがあるかもしれないから、こんな話は二度と聞きたくないかもしれない。

そのあとレイミーは、『明るく輝《かがや》かしい道のり――フローレンス・ナイチンゲールの一生』に目をとめた。これは、エドワード・オプション先生が学校の終業日に選んでくれた本だった。オプション先生は学校図書館の司書だ。とてもやせていて、ものすごく背《せ》が高い。ジョージ・メイスン・ウィラメット小学校の図書館に出入りするたびに、身をかがめなくてはならなかった。

オプション先生は司書になるには若《わか》すぎるように見えたし、どこかたよりなさげだった。

それから、ネクタイは幅《はば》が広すぎるし、柄《がら》だってひと気のない海岸とか、幽霊《ゆうれい》の出そうな森とか、UFOとか、奇妙《きみょう》でさびしいものばかりだった。

オプション先生の本を持つ手が、神経質《しんけいしつ》そうにふるえるときがあった。いや、ひょっとしてあれは、わくわくしてのことなのか。

とにかく、終業日に、エドワード・オプション先生はレイミーにこう言ったのだ。「レイミー・クラーク、きみは本を読むのがとても好きだね。だから、読書の幅《はば》をひろげられたらいいなあと思うんだよ。このノンフィクションの本、きみなら楽しく読めるかもしれない」

「わかりました」レイミーは、ノンフィクションにはまったく興味《きょうみ》がなかったにもかかわらず、そう答えた。好きなのは物語だ。

オプション先生は、『明るく輝《かがや》かしい道のり――フローレンス・ナイチンゲールの一生』という本を取りあげた。表紙には、戦場のようなところであおむけに寝《ね》ている何十人もの兵士がいて、一人の女性《じょせい》が頭上にランプをかかげながら、兵士のベッドの間を歩く姿《すがた》が描《えが》かれていた。兵士たちはその女性に手をのばし、なにかを訴《うった》えている。

明るく輝かしい道のりなんて、どこにも見当たらない。

その本は、恐《おそ》ろしくて、気のめいるような本に見えた。

「夏休みの間に読んでみてごらん。新学期になったら、この本についていっしょに話し合おう」オプション先生は言った。

「わかりました」レイミーは約束した。それはオプション先生が大好きだったから。先生は背《せ》がとても高くて、さびしげで、レイミーに期待してくれたから。

レイミーはフローレンス・ナイチンゲールの本をオプション先生から受けとり、家に持ち帰ると、部屋の棚《たな》においた。その数日後に、お父さんがリー・アン・ディカーソンとかけおちして、レイミーはエドワード・オプション先生と、オプション先生の奇妙《きみょう》なネクタイと、ノンフィクションの本のことを、すっかり忘《わす》れてしまっていた。

でも、ひょっとしたら、ゴールデン・グレン老人ホームに、フローレンス・ナイチンゲールの一生と輝《かがや》かしい道のりについて聞きたいと思う人がいるかもしれない。ひょっとしたら、シルベスターさんの言う「ちょうどいい」本かもしれない。

それでひょっとしたら、最後には、すべてなるようになるのかもしれない。

13

ゴールデン・グレン老人ホームは、レイミーの家から何本か向こうの通りにあった。自転車で行けたけれど、レイミーは歩いていくことにした。そのほうが、足の指をギュッとまげて、目標に意識《いしき》を集中させる時間をつくれるからだ。

ライフセービング基礎講座《きそこうざ》では毎日、スタフォプロス先生はすべての受講生《じゅこうせい》を桟橋《さんばし》に立たせ、足の指をまげさせ、目標に意識を集中させた。先生の持論《じろん》は、足の指をまげることで頭がすっきりし、いったん頭がすっきりしたら、たやすく目標に意識を集中でき、つぎになにをすべきかわかるというものだった。たとえば、だれがおぼれていても、かならず救助するとか。

「わたしの目標はなに？」レイミーは小さな声で言ってみた。立ちどまり、テニスシューズのなかで足の指をギュッとまげた。「わたしの目標はよい行いをすること。それから、お父さんが家にもどってくるように、中央フロリダ・タイヤ社の美少女コンテストで優勝《ゆうしょう》すること」

胃がギュッとなった。もし、ルイジアナが優勝したら？　もし、ベバリーがコンテストを荒《あ》らしたら？　もし、わたしがなにをしても、お父さんが帰ってこなかったら？　レイミーの頭のなかで、爪《つめ》をひろげた巨大《きょだい》な海鳥が飛んでいった。

「ちがう、ちがう、ちがう」レイミーは足の指をまげた。頭のなかをすっきりさせて、目標を定めた。よい行いをする。中央フロリダ・タイヤ社の美少女コンテストで優勝《ゆうしょう》する。よい行いをする。よい行いをする。

なんども足の指をまげながら歩き、レイミーはゴールデン・グレン老人ホームへ着いた。玄関《げんかん》には鍵《かぎ》がかかっていた。

貼《は》り紙があって、〈このドアは鍵がかかっています。ご用の方は、ベルを鳴らしてくださ
い〉とあった。貼り紙に書かれている矢印がブザーをさしている。

レイミーがブザーを押《お》すと、建物のどこか奥《おく》のほうでベルが鳴る音が聞こえた。待ちながら、足の指をギュッとまげる。

インターホンがつながって、パチパチという雑音《ざつおん》が聞こえた。「マーサです。ゴールデン・グレン老人ホームへようこそ。ご用はなんでしょう?」

「こんにちは」

「こんにちは」マーサという名前の女性《じょせい》が答えた。

「あの、わたし、よい行いをしたくて、こちらに来たんですけど」

「すてきじゃない?」

レイミーは、マーサのこの言葉が意見なのか質問《しつもん》なのかわからなくて、答えなかった。長

い沈黙《ちんもく》があった。とうとうレイミーは言った。「フローレンス・ナイチンゲールの本を持ってきたんです」

「看護師《かんごし》の？」

「えっと、ランプを持った女の人です。それから本のタイトルは『明るく輝《かがや》かしい道のり――フローレンス・ナイチンゲールの一生』というんです」

「おもしろそうね」

インターホンが、パチパチとさびしい雑音《ざつおん》をたてた。

レイミーは深呼吸《しんこきゅう》をしてから言った。「中に入れてもらって、お年寄《としよ》りに本を読んであげたいのですが」

「もちろんいいわよ。今、開けるわね」

ブーンという長いブザー音がして、ドアの鍵《かぎ》が開く音がした。前に進んでドアの取っ手をにぎり、ゴールデン・グレン老人ホームのなかに入った。中は、床用《ゆかよう》ワックスと腐《くさ》ったフルーツサラダとほかのなにか、レイミーが考えたくないなにかの混《ま》ざりあったにおいがした。

青いセーターを肩《かた》にかけた女性《じょせい》が廊下《ろうか》の奥《おく》にあるカウンターの後ろに立っていて、レイミーに笑いかけた。「こんにちは。わたしがマーサよ」

「お年寄《としよ》りに本を読んであげたいのは、わたしです」そう言うと、レイミーはフローレンス・ナイチンゲールの本を見せた。

「そうね、そうね」マーサがカウンターの後ろから出てきた。「いらっしゃい」

マーサはレイミーの手を取って階段《かいだん》をのぼり、ある部屋へと連れていった。その部屋の床《ゆか》はよく磨《みが》かれていて、あまりに明るく輝《かがや》いているので、床には見えなかった。まるで湖のようだった。

レイミーの胸《むね》がドキンとして、それから期待にふくらんだ。

ついに、いろいろなことを理《り》解《かい》できるようになる気がした。こういう気分になったことは何度もある。真実が見えてきそうな気分。スーパーマーケットのタグ・アンド・バッグの駐《ちゅう》車場《しゃじょう》でスタフォプロス先生にさようならを言われたときに、同じ気持ちになった。今日の午前中、アイダ・ニーの裏庭《うらにわ》でベバリー、ルイジアナといっしょに立っていたときにも感じた。ボーカウスキのおばあさんの足元にすわっているときも、ときどきそう思うことがあった。

でも、今のところ、一度も実現《じつげん》したことはなかった。

真実はいまだ姿《すがた》を現《あらわ》したことがない。

でも、今度ばかりはちがうかもしれない。

部屋が大きくなって、さらに明るくなった。レイミーは、金庫やぶり、コンテストを荒《あ》らすこと、そして空飛ぶエレファンテのことを思った。お父さんがレストランでリー・アン・ディカーソンといっしょにすわっている姿《すがた》も思いうかべた。ダミー人形のエドガー、天使のような羽根を持つ巨大《きょだい》な海鳥も。理解《りかい》できないでいるけれど、理解したいと思っているすべてのことを思いうかべた。

太陽が雲間《くもま》にかくれて、湖がただの床《ゆか》にもどったところで、マーサが言った。

「イザベルのところへ行って、話してみましょう」それだけだった。わかりかけていた気がしたのに、そんな気持ちは吹《ふ》っとんでしまって、前と同じくらいわからなくなってしまった。

マーサは窓《まど》ぎわで車いすにすわっている年配の女性《じょせい》のもとへと、レイミーを連れていった。

「イザベルは、以前とちがって目がよく見えないの。前は字を読めたけれど、今は読めないの」

「ちゃんと読めるわよ」イザベルが言いかえした。

「まあ、イザベル、それは本当じゃないでしょ、ぜんぜん見えてないいじゃない」

イザベルは右手をこぶしにして、車いすのひじかけに打ちおろした。バン、バン、バン。

「マーサ、うるさいよ」イザベルはとても小柄《こがら》な女性《じょせい》で、髪《かみ》の毛は真っ白だった。頭のてっぺんで複雑《ふくざつ》なかたちに結《ゆ》ってある髪の毛が冠《かんむり》みたいに見えて、困難《こんなん》から救ってくれる妖精《ようせい》のゴッドマザーのように見えた。目はとても青かった。

マーサがレイミーのほうにふりむいた。「名前はなんていうの、おじょうちゃん？」

レイミーは今までに、おじょうちゃんなどと呼《よ》ばれたことがなかった。もちろん自分が子どもだとわかっていたけれど、そんなふうにストレートに言われて、なぜだかほっとした。

「レイミーです」

「イザベル、この子はレイミーよ」

「だからなに？」

「この子は、フローレンス・ナイチンゲールの一生についての本を、あなたに読んであげたいんですって」

「からかわないで」

「イザベル」マーサは続けた。「お願い。この子は、よい行いをしたいだけなのよ」

イザベルはレイミーを見上げた。目は明るく澄《す》んでいる。とても、不自由そうには見えない。それどころか、X線《エックスせん》なみに、なにもかも見通す目だった。

レイミーは、イザベルに胸《むね》のうちを見すかされていると感じた。

それで、できるだけ魂《たましい》を小さくして、胸の片《かた》すみにかくした。

「よい行いだって？」イザベルが答えた。「どうしてあんたはよい行いをしたいの？　本当の目的はなに？」

目的？　それって目標と同じこと？

レイミーは足の指をギュッとまげた。

「えっと、ただよい行いをしたいだけなんです」

イザベルはまだレイミーを見つめていた。レイミーも見つめかえす。そして魂をもっと小さくした。魂は文章の最後にくるピリオドくらい小さくなってきて、もうだれにも見つけられない。

「わかったよ」ずいぶん待った気がしたとき、とうとうイザベルが言った。「どうでもいいんだ。あたしにフローレンス・ナイチンゲールを読んで」

「すてきじゃない？」マーサがレイミーに言った。「イザベルは、フローレンス・ナイチンゲールについて知りたいのよ」

14

「フローレンス・ナイチンゲールなんて、まるで興味《きょうみ》ないよ」閉《し》まったドアがならぶ長い廊下《ろうか》で、車いすを押《お》しているレイミーにイザベルが言った。「慈善家《じぜんか》ぶった人間には興味ないんだ。この地球上でいちばんつまんない人種だよ。慈善家っていうのは、まさにフローレンス・ナイチンゲールみたいな人のことだからね」

「そうですね」ほかに言うことが思いつかなかったので、レイミーはそう答えた。そもそも話せなかった。車いすを押すだけで、息が切れていたからだ。イザベルは見かけより重い。

「もっとしっかり」

「え？」

「もっと速く」

レイミーは車いすをもっと速く押そうとした。上くちびるに汗《あせ》がポトン、ポトンと落ちる。腕《うで》が痛《いた》む。足もつらい。

「手をにぎって！」閉《し》まっているドアのひとつから、恐《おそ》ろしいさけび声が聞こえた。

「あれはなんですか？」レイミーは車いすを押《お》すのをやめて、聞いた。

「なにしてるの？　なぜ、とまるの？」

「手をにぎって！」またさけび声がした。レイミーの心臓《しんぞう》が胸《むね》のなかで飛びあがり、それから沈《しず》みこんだ。

「だれなんですか？」

「アリス・ネブリーだよ。あの人のことは無視《むし》だ。ほかの言葉は知らないのか、一日中あの調子なんだから。同じことばかり言ってさ、たいくつすぎてたえられないね」

その声はアリスという名の人間の声だとは思えなかった。それより、橋の下にかくれていて、なにも知らない雄《おす》ヤギが通らないかと待ちぶせているトロールの声のように聞こえた。

レイミーの心臓が体の奥《おく》でドキドキ鳴っていた。自分の居場所《いばしょ》を、胸からお腹《なか》に、永久《えいきゅう》に変えたかのようだ。ベバリー・タピンスキのように、こわいものがなにもなかったら、どんなによかっただろう。

レイミーは深呼吸《しんこきゅう》して、また車いすを押しはじめた。

「それでいいよ。動き続けるのが大切。とまっちゃだめだからね」

15

イザベルの部屋には、シングルベッドのほかに、ロッキングチェアと、置時計がのったテーブルがあった。ロッキングチェアには、アフガン編《あ》みのひざかけがおいてある。壁《かべ》は白かった。置時計がやけに大きな音でチクタクいっている。

「すわってもいいですか?」レイミーは聞いた。

「勝手にしたらいいよ」

レイミーはロッキングチェアに腰《こし》かけたけれど、ゆらさずに、じっとしていた。いすをゆらしている場合じゃなかった。

「じゃあ、本を読みましょうか?」そう言ってから、レイミーは、フローレンス・ナイチンゲールの本を取りあげた。

「そんな本、読まないでいいよ」

「そうですか」レイミーは足の指をギュッとまげ、目標に意識《いしき》を集中させようとしたけれど、つぎになにをしたらいいのか、どうしても思いつかなかった。なら、部屋を出ていく？

「手をにぎって！」アリス・ネブリーがさけんだ。

廊下《ろうか》で聞いたときほど大声ではなかったけれど、それでもレイミーはロッキングチェアから飛びあがった。

「ここはね」イザベルが話しだした。

そのとき、遠くのほうから音楽が聞こえてきた。美しいけれど悲しいメロディだった。だれかがピアノを弾《ひ》いている。どういうわけかレイミーは、空飛ぶエレファンテ（どういう人たちかはともかくとして）と、トランクのことを思い出した。

「がまんできないよ」そう言うと、イザベルは手で頭を抱《かか》えこんだ。

「わたし、帰りましょうか？」

イザベルは顔をあげ、目を細めた。「字が書ける？」

「字ですか？」

「手紙だよ。そう、紙の上に字を書くこと」イザベルはこぶしで車いすのひじかけをたたいた。「紙に字を書けるかい？　まったく、この世界は欲求不満《よっきゅうふまん》がたまることばかりだ！」

「はい、書けます」

「よしよし。ベッドのわきのテーブルのいちばん上の引き出しからメモ帳を出して。それからペンも。あたしの言ったことをそのまま書いて」

だれかのために書くことも、よい行いになるのかな？　そうにちがいない。レイミーは立ちあがり、ペンとメモ帳を取ってきて、またロッキングチェアにすわった。

「経営者殿《けいえいしゃどの》」イザベルは言った。

レイミーはイザベルの顔を見つめた。

「書きなさいよ」イザベルはこぶしで、また車いすのひじかけをドンドンとたたいた。「書くのよ、書くの」

「手をにぎって！」アリス・ネブリーがさけんでいる。

レイミーは下をむいた。経営者殿、と書く。手がふるえていた。

「この施設《しせつ》では、あまりにひんぱんにショパンの曲が演奏《えんそう》されています」

レイミーは顔をあげた。

「それも書くの」

部屋のなかで、長い沈黙《ちんもく》の時間が流れた。

「ショパンのつづりがわかりません」とうとうレイミーが言った。

「このごろの学校では、いったいなにを教えているの?」

これはまたべつの、ありえない、答えられないし答えのない大人の質問《しつもん》だ。レイミーは待った。

「ショパンは音楽家だよ。まったくもって陰気《いんき》な音楽家でね。ショパン(Chopin)は固有名《こゆうめい》詞《し》だから、大文字のCではじまって、つぎに小文字のhがくる」

そんなふうにして、二人は続けた。けっきょく、レイミーはイザベルのために、苦情《くじょう》の手紙を書いた。ゴールデン・グレン老人ホームの介護士《かいごし》が、談話室にあるピアノでふさわしくない曲を弾《ひ》いていると、くわしく書きたてたのだ。ショパンの曲はあまりに悲しげで、世界はもう十分に悲しいことだらけだから、介護士はショパンの曲を弾くのをやめるべきだという内容《ないよう》だった。特にゴールデン・グレン老人ホームは悲しい場所だから、これ以上はたえられないというのが、イザベルの主張《しゅちょう》だった。

長い手紙になった。

レイミーが書き終わったあと、イザベルはレイミーに車いすを押《お》させて、部屋を出た。廊《ろう》下《か》を通りすぎ談話室までやってくると、床《ゆか》はもうただの床で、光っている湖ではなくなっていた。談話室には、〈ご意見箱〉と書かれた銀色のラベルが貼《は》ってある木の箱がおいてあった。

「手紙を入れて」

「わたしが？」

「あんたが書いたんじゃないの？」

レイミーは箱に手紙を入れた。

「ほら、よい行いをしたいって言ってたでしょ。これでかなったというわけ」

悲しい音楽について苦情《くじょう》の手紙を書くことがよい行いだなんて、思えなかった。まったくその反対。

「部屋まで送ってくれる？　もうあきあきしたよ」

レイミーは、自分だってうんざりだと思った。それで車いすを方向転換《てんかん》させ、イザベルの部屋へと押《お》していった。

「手をにぎって！」廊下《ろうか》の途中《とちゅう》で、またアリス・ネブリーのさけび声がした。

「出ていくときはドアを閉《し》めてって」レイミーが車いすをイザベルの部屋に押して入るなり、イザベルは言った。

「それから、もう二度と来ないで。あたしは、よい行いをする人間なんて興味《きょうみ》がないんだ。どっちみち、よい行いなんて無意味だからね。なんにも変わりゃしない。どうでもいいことだよ」

イザベルの部屋の小さな窓《まど》から、太陽の光がさしこもうとしていた。レイミーはナイチンゲールが自分を守ってくれるとばかりに、本を胸《むね》に押《お》しあてて部屋の入口に立った。もちろん守ってくれるわけがないと、わかってはいたけど。

すべてが暗くて、不可能《ふかのう》に見えた。

「アーチー、ごめんね。裏切《うらぎ》ってごめんね」言うつもりはまったくなかったのに、つい言っていた。

「おや、そうかい、かわいそうなアーチー、ああ、アーチー。それであんたはその人を裏切ったというわけだ。だれだかは知らないけどね」

「アーチーは猫《ねこ》です」

イザベルは澄《す》んだ青い目でレイミーをじっと見つめた。「猫を裏切ったから、よい行いをしたいっていうの？」

「いいえ、お父さんが出ていったから」

「それで？」

「お父さんを取りもどしたくて、がんばっているんです」

16

「よい行いをして？」

「はい」たぶんイザベルの目がX線《エックスせん》なみになにもかも見通すからか、それともイザベルがレイミーにまったく同情《どうじょう》していないからか、はっきりしないけれど、レイミーはイザベルに本当のことを打ち明けた。「コンテストで優勝《ゆうしょう》して有名になりたいんです。そうしたらお父さんが新聞にのったわたしの写真を見て、きっと家に帰ってきてくれるから」

「なるほど」

ちょうどそのとき、窓《まど》の片《かた》すみから太陽の光がわずかにもれて入り、床《ゆか》の上に小さな光の正方形を描《えが》いた。とても明るくて、チラチラとゆらめいている。まるで、別世界への窓のようだ。

「見てください」レイミーはそう言ってから、光があたっているところを指さした。

「見えるよ、見える」イザベルは答えた。

「手をにぎって！」レイミーが廊下《ろうか》を行くと、アリス・ネブリーがさけんだ。

レイミーは立ちどまって、耳をそばだてた。足の指をギュッとまげる。それからまた歩きだした。アリスの声のするほうへと歩いていく。

レイミーは、よい行いをしなくてはならなかった、それに、たった今してきた悪い行いのうめあわせもしなくちゃならない。それは考えられるかぎり、いちばん勇気のいる最高のよい行い、でもじつは、いちばんやりたくない行いをするということだった。

アリス・ネブリーの部屋に行って、本を読んでほしいかと、たずねなくちゃ。

その場面を想像《そうぞう》すると、ぞっとした。

レイミーは足元を見た。片方《かたほう》の足を、もう片方の足の前に動かす。アリスの声に神経《しんけい》を集中させる。

声にみちびかれて、レイミーは323号室とあるドアの前まで行った。部屋の番号の下には白いカードが貼《は》ってある。そこに〈アリス・ネブリー〉と、黒のインクで名前が書かれていた。アリス・ネブリーが自分で書いたのか、文字がふるえていて読みづらかった。

レイミーは足の指をギュッとまげて、ノックした。

だれも答えないので、レイミーは深呼吸《しんこきゅう》してドアのノブをまわし、中へと足を踏《ふ》みいれた。

部屋は暗かったけれど、だれかがベッドで寝《ね》ているのがわかった。

「ネブリーさんですか?」レイミーは小声で聞いた。

返事がない。

レイミーはさらに部屋の奥《おく》へと進んだ。

「ネブリーさんですか?」今度はもう少し大きな声で聞いた。しゃがれてヒューヒューいう寝息《ねいき》が、ベッドに横たわっている人から聞こえてくる。

「あの……よい行いをするために来ました。ネブリーさん、明るく輝《かがや》かしい道のり、あの、フローレンス・ナイチンゲールの……」

「ギャアァァァ——!」アリス・ネブリーが悲鳴をあげた。

レイミーにとって、生まれてから今まで聞いたなかでいちばん恐《おそ》ろしいさけび声だった。ひどい苦痛《くつう》と不幸のさけび声。アリス・ネブリーのさけび声がレイミーの胸《むね》を突《つ》き刺《さ》した。魂《たましい》がシュッと音をたてて消えていく。

「いやあぁぁぁ——! ちょうだいぃぃぃぃ——」かけぶとんから手がのびてきた。なにかをつかもうとしている。そうわたしを、レイミー・クラークを、つかもうとしている!

レイミーは飛びあがった拍子《ひょうし》に、思わず『明るく輝かしい道のり——フローレンス・ナイチンゲールの一生』を投げだしてしまい、本はアリス・ネブリーのベッドの下へとすべりこんでしまった。

レイミーはキャッとさけんだ。

アリス・ネブリーがさけびかえした。「ギャアァァァ――！　たえられない、たえられない、こんな苦痛《くつう》にはたえられない！　手をにぎって」かけぶとんから手がのびてきて、なにかを探《さが》している。「お願い、お願い、手をにぎって」

レイミー・クラークは身をひるがえして、逃《に》げた。

レイミーは足の指をギュッとまげて、目標に意識《いしき》を集中させながら、ゴールデン・グレン老人ホームの前の歩道に、長い間立ちつくしていた。

本を取りもどさないと。それが今のただひとつの目標だ。図書館から借りた本だから。エドワード・オプション先生は、あの本を返却《へんきゃく》しなかったら、わたしにすごくがっかりするだろう。だいたい、まだ読んでもいない。それもオプション先生をがっかりさせる。そして返却が遅《おく》れたら、罰金《ばっきん》を、延滞金《えんたいきん》を支払《しはら》わないといけない！

もし、本を弁償《べんしょう》することになったらどうしよう？

でも、アリス・ネブリーの部屋へはもどれない。だいたい、ゴールデン・グレン老人ホームに、もう一度入る勇気が持てるかどうかもあやしかった。

レイミーは、X線《エックスせん》なみになにもかも見通すイザベルの目のことを考えた。

アリス・ネブリーの手のことを考えた。

巨大《きょだい》な海鳥が母親の手から赤《あか》ん坊《ぼう》をひったくることについても考えた。

それから、ベバリー・タピンスキの声が聞こえてきた。**こわがるなんて、時間のむだ。あたしにはこわいものなんてないんだから。**

ベバリー。そうだ、ベバリー・タピンスキと、ポケットナイフ。

ベバリー、なにもこわくないベバリー。

とつぜん、自分の目標が見えてきた。

ベバリーを探《さが》しだして、フローレンス・ナイチンゲールの本を取りもどすのを手伝ってくれるように、たのもう。

17

ベバリー・タピンスキを見つけるのは、おどろくほど簡単《かんたん》だった。

翌日《よくじつ》、レイミーがバトントワリングのレッスンへ行くと、ベバリーが松の木の下でガムをかみ、じっと前を見つめて立っていた。

「もう来ないかもって思ってた」レイミーは言った。

ベバリーは無言だった。

「また来てくれてうれしいな」

ベバリーはふりむいてレイミーを見た。左目の下にあざができていた。

「顔、どうしたの?」

「あたしの顔がどうしたっていうの」ベバリーはガムをかみながら、レイミーをまっすぐに見た。ベバリーの目は青い。イザベルの目の青とはべつの青だ。もっと色が濃《こ》く、深みのある青だ。でも、イザベルの目と同じ力がある。ベバリーに胸《むね》の奥深《おくふか》くまで、のぞかれている気がした。

レイミーはベバリーを見つめかえすと同時に、魂《たましい》をだれにも見られないように、また動かそうとした。

そこへ、ルイジアナ・エレファンテが現《あらわ》れた。

きのうと同じピンクのワンピースを着ている。でも、今日はヘアクリップを六つもつけていた。やわらかなブロンドの髪《かみ》の毛のあちこちにとめてある。クリップは全部同じで、小さな白いウサギの絵がついた、ピンクのキラキラとしたプラスチック製《せい》。ウサギは幽霊《ゆうれい》のウサギみたいに見えた。

「今日は気絶《きぜつ》したりしないから」ルイジアナは言った。

「それはいいこと聞いたね」ベバリーが言った。「ところでさ、ずいぶんたくさん、ウサギのクリップをつけてるね」

「このウサギはあたしの幸運のお守りなの。きのうはつけるのを忘《わす》れてきたから、あんなことになっちゃって。もう二度と、髪の毛からはずさないんだから。ところで、あなたの顔、どうしちゃったの？」

「どうもしないよ」

ちょうどこのとき、アイダ・ニーが白いブーツを輝《かがや》かせ、きらめくバトンを持ち、三人のほうへと足を高くあげて歩いてきた。魚のうろこみたいにきらめくスパンコールをちりばめたトップスを着ている。髪《かみ》の毛は真っ黄色だ。機嫌《きげん》の悪い人魚みたいに見えた。

「さあ、はじまるよ」ベバリーが言った。

「気をつけ!」アイダ・ニーがかけ声をかけた。「背《せ》すじをのばして立つ! バトントワリングの第一の基本《きほん》ですよ。自分自身と、世界のなかでの自分の立ち位置を大切にして、立ちなさい」

レイミーは背すじをのばして立とうとした。

「肩《かた》を引いて、あごをあげる、バトンは自分の前で持つ! さあ、はじめましょう」アイダ・ニーはバトンを高くあげた。それからさげた。ベバリーを見て言った。「タピンスキ、ガムをかんでいますね?」

「いいえ」

アイダ・ニーはベバリーにむかって突進《とっしん》した。アイダ・ニーのバトンが午後の太陽の光のなかで、荒々《あらあら》しいほどきらめいている。

そして、信じられないことに、バトンの先がベバリーの頭にあたった。

先がゴムだったので、バトンは少しはねあがった。

ルイジアナが息をのんだ。

「うそをついちゃいけません。いい？　絶対《ぜったい》にうそはいけません。ガムを口から出しなさい」

「いやです」

「なに？」

「いやです」ベバリーはゆずらない。

「あらまあ」ルイジアナがレイミーの腕《うで》に手をのせて言った。「今日は幸運のウサギのヘアクリップをつけてるけど、気絶《きぜつ》しちゃうかも」

レイミーは、今までに気絶したことがない。気絶しそうな感じというのがどんなものか知らないのに、自分も気絶してしまうかもしれないと思った。ルイジアナがレイミーの腕にしがみついて、レイミーもしがみついて……。え、なにに？　よくわからない。ルイジアナがレイミーにしがみついている、という事実にしがみついているのか。

アイダ・ニーがまたベバリーをぶとうとして、バトンを持ちあげた。

ルイジアナがレイミーの腕から手をはなし、悲鳴のような金切り声のような声をあげたかと思うと、突進《とっしん》して、アイダ・ニーのスパンコールのトップスの真ん中をつかんだ。

「やめて!」ルイジアナがさけんだ。「やめてください!」

「いったいどうしたの?」アイダ・ニーが言った。「手をはなしなさい」ルイジアナをふりほどこうとしたけれど、ルイジアナはしがみついたままだ。

「もうぶたないで。ぶたないでください」

クララ湖がキラリと光った。松の木がゆらいだ。世界がため息をつき、きしみ、ルイジアナは絶対《ぜったい》ぶたせないとばかりに、アイダ・ニーにしがみついている。「ベバリーをぶたないで、ぶたないで」ルイジアナはくりかえした。

「バカなまねはしないでよ」ベバリーが言った。

いいアドバイスだなとレイミーは思ったけれど、だれに対して言ったのかは、わからなかった。

「ベバリーを傷《きず》つけないでください」ルイジアナが涙《なみだ》を流している。

「はなしなさい」アイダ・ニーはルイジアナを押《お》しのけた。

「見て」ベバリーが言った。「ガムを出すからさ」

ベバリーはガムを吐《は》きだした。

「ほーら。あたしは傷《きず》つかないよ。あたしを傷つけるなんてできないんだから」そう言ってバトンを下ろすと、両手をひろげた。

「もういいよ。大丈夫《だいじょうぶ》だから」ベバリーは、ルイジアナをアイダ・ニーからはなした。背中《せなか》をなでてやっている。ベバリーがもう一度言った。「ね、ほんとに大丈夫。大丈夫だから」

アイダ・ニーはまばたきした。困惑《こんわく》しているようだ。「くだらない。くだらないことをわたしがどう思っているか、わかっているでしょうね」息を深く吸《す》いこむと、家のほうへと足を高くあげて歩いていってしまった。

こうして、バトントワリングのレッスンの二日目が終わった。

18

三人は桟橋《さんばし》に来ていた。

「それじゃあ、確認《かくにん》するよ」ベバリーが言った。「あたしに、どっかのおばあさんの部屋へ行って、ベッドの下にあるフローレンス・ナイチンゲールの本を取りもどしてこいって言うの？」

「うん」レイミーが答えた。

「あんたはこわくて自分じゃ、取りもどせないから」

「すごい声、だすの」レイミーは言った。「それに、図書館から借りた本だから、取りもどさないと」

「あたしも行きたい」ルイジアナが口をはさんだ。

「だめ」ベバリーとレイミーが同時に言った。

「どうしていけないの？　あたしたちは三勇士《さんゆうし》じゃない。いいときも、悪いときも、三人はいっしょにいる運命なの」

「三人の、なに？」レイミーは聞きかえした。

「勇士」

「それを言うなら銃士《じゅうし》だよ。三銃士《さんじゅうし》」ベバリーが言いなおした。

「ううん。三銃士は三銃士、あたしたちはあたしたち。あたしたちは三勇士。おたがいに助け合うの」

「あたしは助けてもらわなくていいよ」ベバリーは言った。

「あたし、あなたたちといっしょに、スパークリング・デルに行きたい」

「ゴールデン・グレンだってば」レイミーは言いかえした。

「フローレンス・ダークソングの本を取りもどす手伝いをしたい」

「ナイチンゲール！」レイミーとベバリーが同時に言った。

「それで、本を無事に取りもどしたら、なかよし動物センターへ行って、アーチーを救いだすの」

「あのさ、よく聞いてよ」ベバリーが強い調子で言った。「なかよし動物センターなんて存《そん》在《ざい》しない。アーチーだって、とっくにいなくなってるよ」

「あの子はいなくなってないわ。あの子を救いだすことが、美少女コンテストのためのよい行いになるし、本を取りもどす手伝いをするのも、もうひとつのよい行いになるし。それから、おばあちゃんといっしょに缶詰《かんづめ》をぬすむのもやめる」

「缶詰をぬすむの？」レイミーはおどろいて聞いた。

「たいていはツナ缶《かん》。たんぱく質《しつ》がたくさん入ってるから」

「言ったでしょ」ベバリーがレイミーに言った。「一目見て、二人が犯罪者《はんざいしゃ》だってわかったんだ」

「犯罪者《はんざいしゃ》なんかじゃないわ。あたしたちは克服者《サバイバー》で、戦士《ファイター》なんだから」ルイジアナが反論《はんろん》した。

長い沈黙《ちんもく》の時間が流れた。三人はクララ湖をじっと見つめた。湖面がキラキラと光り、ため息のような音をたてていた。

「この湖でおぼれた女の人がいるの。名前はクララ・ウィングチップ」レイミーが沈黙をやぶった。

「だから？」ベバリーが聞いた。

「クララの幽霊《ゆうれい》が湖に出るの。お父さんの事務所《じむしょ》に、空から撮《と》った湖の写真があるんだけど、水のなかにクララ・ウィングチップの影《かげ》が写ってる」

ベバリーがふふんと鼻先で笑った。「あたしは、おとぎ話なんて信じない」

「ときどき、クララの泣き声が聞こえるらしいわ。そう言われているの」

「本当？」ルイジアナがたずねた。ヘアクリップの位置を変え、髪《かみ》を片方《かたほう》の耳の後ろにたらすと、湖のほうへと身を乗りだした。「まあ、聞こえる。泣き声が聞こえるわ」

ベバリーはまた、ふふんと鼻先で笑った。

レイミーは耳をかたむけた。

泣き声が確《たし》かに聞こえた。

19

「わかった。レイミーは本を取りもどす。ルイジアナは猫《ねこ》を取りもどす。じゃあ、あたしはなにを取りもどすの？」

三人はアイダ・ニーの桟橋《さんばし》にあおむけになって寝転《ねころ》んで、空を見上げていた。

「じゃあ、ほしいものは？」ルイジアナがベバリーにたずねた。

「なんにもほしくないよ」

「そんなわけないわ。だれだって、なにかほしいものがあるもの。みんな願いごとがあるんだから」

「あたしは願いごとなんてしないよ。だけど、コンテストは荒《あ》らすよ」

「そんな」

レイミーは無言で聞いていた。

空がこんなに青いなんてと思いながら空を見上げていたレイミーは、ボーカウスキのおばあさんが教えてくれたことを思い出した。昼間にとても深い穴《あな》のなかにいて、その深い穴から空を見上げると、たとえ真昼でも星が見えるらしい。

それって本当なの？

レイミーにはわからなかった。ボーカウスキのおばあさんはたくさんのことを教えてくれたけれど、あやしいものが多い。

「ふうーっ」レイミーはとても小さな声でつぶやいた。

そして、三つの願いごとが出てくるおとぎ話があるけど、どれも願ったとおりにならないことについて考えた。願いごとがかなうときは、同時に恐《おそ》ろしいことが起きる。願いごとは危険《きけん》なもの。それがおとぎ話から学んだことだ。

たぶん、ベバリーが願いごとをしないのは賢《かしこ》いことだ。

三人の後ろ、アイダ・ニーの家のほうから、キーッという音がしたかと思うと、バンという音に、ドシンとたたきつける音が聞こえてきた。

「おばあちゃんが来たわ」そう言うと、ルイジアナは起きあがった。

「ルイジアナ！　ルイジアナ・エレファンテ！」だれかが呼《よ》んでいる。

レイミーも起きあがった。「空飛ぶエレファンテって、だれのこと？」

「話したじゃない。あたしの両親なの」

「でもどんな意味なの？　その空飛ぶって、なに？　二人はなにをしてるの？」

「あらまあ、二人は空中ブランコ乗りだったのよ、とうぜんでしょ」

「とうぜん、ね」ベバリーが皮肉っぽく言った。

「二人は、いとも簡単《かんたん》に空中を舞《ま》ったのよ。有名だったんだから。トランクに名前が入ってたし」

「ルイジアナ・エレファンテェェェ――」

「おばあちゃんが心配してる。もう行かなくっちゃ」ルイジアナは立ちあがり、ワンピースの前をなでつけた。ウサギのヘアクリップに太陽の光があたって輝《かがや》いている。クリップのひとつひとつが、目的を持って生きているように見えた。とても遠いところからのメッセージを受けとるので忙《いそが》しいかのようだ。

ルイジアナは、レイミーにむかってほほえんだ。美しい笑顔《えがお》だ。少しの間、ルイジアナは、ピンクのワンピースと、後ろから照らす青い空、それに光るヘアクリップのせいで、天使に見えた。

「二人は死んだの」ルイジアナが言った。

「え？」レイミーはおどろいた。

「あたしの両親のこと。死んだの。もう空飛ぶエレファンテじゃないの。もう何者でもないの。二人とも海の底にいるわ。乗ってた船が沈没《ちんぼつ》しちゃったの。聞いたことあるかもね」

「そんなの聞いたことないよ」まだ桟橋《さんばし》にあおむけに寝《ね》たままで空を見つめていたベバリーが言った。「なんで沈没した船のことを知ってなきゃいけないの？」

「まあ、いいわ。昔のことだし、遠いところで起きたことだから。とにかくそれは大悲劇《だいひげき》だったの。空飛ぶエレファンテのトランクは全部海の底に沈《しず》んじゃったし、二人はおぼれちゃったし。だから、あたしは絶対《ぜったい》に、泳ぎを覚える気にならなかったの」

「それは、わかる」ベバリーが引きとった。

「今は、おばあちゃんとわたしの二人きり。あ、そうだ、もちろんマーシャ・ジーンもいるわ。この人、わたしを捕《つか》まえて、食事にソーセージ用のひき肉をはさんだサンドイッチしか出さない施設《しせつ》に入れようと、たくらんでるの。想像《そうぞう》しただけでぞっとしちゃうわ。だから、考えないようにしてるの」

「ルイジアナァァァ！」ルイジアナのおばあちゃんが怒鳴《どな》っている。

ルイジアナはかがみ、バトンを拾いあげた。「明日ゴールデン・グレン・ハッピー定年ホームで会おうね。お昼の十二時きっかり、ボートン通りとグリント大通りの角でね」

「わかった」レイミーは応《おう》じた。

「定年ホームじゃないってば。老人ホームだよ」ベバリーは言いかえした。

「さようなら、三勇士《さんゆうし》万歳《ばんざい》！」立ち去りながら、ルイジアナは大声で言った。

「あの子の両親って、本当に空中ブランコ乗りだと思う？」レイミーはベバリーに聞いた。

「なにしてたかなんて、あたしは興味《きょうみ》ない。でも、ブランコ乗りじゃないな」

「そっか」

アイダ・ニーの家のほうから、エレファンテ家の車が発進する音が聞こえてきた。こわれた宇宙船《うちゅうせん》が大気圏《たいきけん》から出ようとしてもがいている音って、こんなかもしれない。

「もう、上に行かないと。お母さんがもうすぐむかえにくるから」レイミーが言った。

「お父さんはどこにいるの？」

「え？」

「あんたのお父さんだよ。家にもどってきた？」とつぜん、ベバリーの顔のあざが濃《こ》く、醜《みにく》くなった。

「ううん」

「そうだと思った」

レイミーは、自分の魂《たましい》が縮《ちぢ》こまるのを感じた。空はもう青くない。昼間の星や深い穴《あな》についてボーカウスキのおばあさんが言ったことは、絶対《ぜったい》信じないと決めた。お母さんは正しかった。おばあさんは頭がおかしい。

おそらく。

「ふうーっ」

「あのさ、そんな顔しないでよ。そういうもんだよ。出ていった人はもどってこない。だれかがあんたに真実を話さないとね」ベバリーは立ちあがり、体をのばしてから、かがんでバトンを拾った。「でも、ほら、心配しないで。そのおばあさんのベッドの下から、まぬけな図書館の本を取りかえしに行こう。本なら取りかえすのは簡単《かんたん》だよ。まったく問題ないって」

ベバリーはバトンを空中に一回、二回、三回と投げあげた。そのたびにバトンを見ずにキャッチする。

「また明日ね」そう言って、ベバリー・タピンスキは去っていった。

20

翌日《よくじつ》の正午に、三人はゴールデン・グレン老人ホームの前で落ち合った。土曜日だったので、バトントワリングのレッスンはなかった。

ルイジアナが一番乗りだった。

レイミーは百メートルはなれた場所から、ルイジアナが通りの角に立っているのがわかった。ルイジアナはきらめいていた。銀色のスパンコールがすそに縫《ぬ》いつけられ、透《す》けた袖《そで》に金色のスパンコールがちりばめられている、オレンジ色のワンピースを着ている。髪《かみ》の毛につけているクリップが増《ふ》えていた。クリップはすべてピンクで、ウサギがついている。こんなにたくさん、ウサギのヘアクリップがあるなんて、いったいだれが思うだろう?

「今日は、幸運のウサギのヘアクリップをたくさんつけてきたの」ルイジアナがうれしそうに言った。

「すてきよ」レイミーがほめた。

「オレンジとピンクって合うと思わない？　それとも、それってあたしの頭のなかだけのこと？」

レイミーはその問いに答えられなかった。というのも、ベバリーが来たからだ。なにやら怒《おこ》っている。顔のあざが、黒から気持ちの悪い緑色に変わっている。

「それで？」二人に近づいてきて、ベバリーは聞いた。

レイミーはベバリーがなにについて質問《しつもん》したのか確信《かくしん》が持てなかったけれど、とにかくよい兆《きざ》しではないことは確《たし》かだった。それで、ベバリーの気が変わって手助けはやめたと言いだす前に、玄関《げんかん》へ行き、ドアのベルを鳴らした。

インターホンがつながって、パチパチという雑音《ざつおん》が聞こえた。マーサの声がした。「ゴールデン・グレン老人ホームへようこそ。ご用はなんでしょう？」

レイミーには、ベバリーが、ふんというのが聞こえた。

「ご用はなんでしょう？」マーサがもう一度聞く。

「マーサさんですか？　あの、レイミー、レイミー・クラークです。何日か前にイザベルさんに会って、よい行いをしようとした者です」頭がくらくらする。イザベルの代筆をして苦情《くじょう》の手紙を書いたことを思い出した。レイミーが書いたことをマーサは知っているのだろうか？　レイミーに手紙をつきつけるだろうか？　ただよい行いをしようとしただけだと、わかってくれるだろうか？　どうしてこう、なんでも複雑《ふくざつ》なんだろう？　どうしてよい行いって、こんなにややこしいんだろう？

「あら、レイミー、そうよね」雑音《ざつおん》にまじってマーサの声がした。「もちろん、もちろんよ。イザベルは、またあなたに会えて大喜びするわ」

イザベルのことはかならずしも、本当のこととは思えなかった。

「あたしたちもいます！」ルイジアナが、インターホンにむかってさけんだ。「あたしたちは三勇士《さんゆうし》です。これから……」

ベバリーがルイジアナの口を手でふさいだ。

ドアがブーンと鳴り、レイミーはドアを引いた。ベバリーはルイジアナの口から手をはなした。三人はゴールデン・グレン老人ホームへと入り、廊下《ろうか》の奥《おく》にあるカウンターの後ろでほほえんでいるマーサのほうへ歩いていった。

レイミーは、マーサに会えてうれしかった。

もし、死んで、天国でむかえてくれる人がいるとしたら、できればマーサのような人であってほしい——にこやかで、寛容《かんよう》で、希望に満ちていて、肩《かた》にふわふわした青いセーターをはおっているマーサ。

「あら、お友達を連れてきたのね」マーサは言った。

「あたしたちは三勇士《さんゆうし》なんです！」ルイジアナが言いだした。「ここには、不正を正すために来たんです」

「ちょっと、たのむからさ……」ベバリーが言った。

「なんてかわいいワンピースなの」マーサがルイジアナをほめた。

「ありがとう」くるりとルイジアナは一回転した。袖《そで》がふわりとひろがり、スパンコールがキラキラと輝《かがや》いた。「おばあちゃんが作ってくれたの。わたしの着るものは全部おばあちゃんが作ってくれるの。あたしの両親は空飛ぶエレファンテっていうんだけど、二人の衣装《いしょう》もおばあちゃんが作っていたのよ」

「なかなかおもしろいわね。ところで、あなたの顔はどうしたのかしら？」ベバリーのほうにむきなおり、マーサはたずねた。

「ただのあざです」ベバリーはきわめて礼儀《れいぎ》正しく答えた。「けんかしたんです。大丈夫《だいじょうぶ》です」

「そう、あなたが大丈夫と言うならいいわ。三人ともわたしといっしょに来てくれる？」

マーサはルイジアナの手をとった。「二階へ行って、今日よい行いをしてもらいたい人がいるかどうか見てみましょう。ゴールデン・グレン老人ホームでは、お客様はいつでも歓迎《かんげい》よ」

ベバリーはレイミーを見て、目を丸くした。それでも、マーサとルイジアナのあとを追って、階段《かいだん》をのぼりだした。

レイミーはベバリーのあとに続いて、階段をのぼろうとした。ちょうどそのとき、レイミーはとつぜん突《つ》き刺《さ》さるような疑《うたが》いにかられた。なぜ自分は、レイミー・クラークはここにいるのか？　ゴールデン・グレン老人ホームにいるのか？　まだ知り合って二、三日しかたっていない人たち、マーサ、ルイジアナ、そしてベバリーのあとを歩いているのか。

レイミーは階段を見た。それぞれの段のふちには、すべり止めの黒いテープが貼《は》られている。

「あたしたちはバトントワリングをやっているんです」ルイジアナがマーサに言っているのが聞こえる。「三人とも、中央フロリダ・タイヤ社の一九七五年度美少女コンテストで競争するの」

「すばらしいわね」と、マーサがうなずいた。

ベバリーは、ふふんと鼻先で笑った。

レイミーは足の指をギュッとまげた。しようとしていることを思い出そうとする。本を取りもどすこと、よい行いをすること、コンテストで優勝《ゆうしょう》すること、お父さんを家に帰らせること。レイミーは階段《かいだん》の一段目の黒いべたつかないテープの上に足をのせた。一歩、また一歩と足をのせた。

レイミーは階段をのぼっていった。

21

談話室はまったくひと気がなかった。床《ゆか》はピカピカだったけれど、どこにでもあるただの床だった。ピアノは鳴っていない。天井《てんじょう》からはふぞろいのシダの葉がぶらさがっていて、部屋の中央にある小さなテーブルの上には、やりかけのジグソーパズルがおいてある。パズルができあがったときの絵が描《えが》かれた箱が立ててあった。秋の屋根付き橋。

「じゃあ、わたしは自分の持ち場にもどらないと。ここからは、あなたたちだけで行けるでしょ。イザベルの部屋に行って、ドアをノックして、お客様が歓迎《かんげい》かどうか聞いてね」

「わかりました」とレイミーは答えた。

「ありがとうございます」さきほど言ったのと同じ、異様《いよう》に礼儀《れいぎ》正しい声でベバリーも言った。

「あたし、この部屋好き」ルイジアナが言った。「この床《ゆか》の上で踊《おど》れるわ。ここで、ショーができる」

「そうね、あなたならできるかもしれないわ。でも、ここではあまり踊る人はいないし、覚えているかぎりでは、ショーを催《もよお》したことは一度もないわね。でもまあ、いつかはね。なんとも言えないわ」マーサは首を横にふった。そして、手を打った。「さあ。この廊下《ろうか》を行けばいいのよ。レイミー、どのドアがイザベルの部屋か、わかっているわね」

レイミーはうなずいた。アリス・ネブリーの部屋のドアなら、わかっていた。重要なのはそっちだ。

「よし」マーサが行ってしまうと、ベバリーが言った。「どの部屋？」

「こっち」ベバリーとルイジアナが、レイミーのあとに続いた。アリス・ネブリーの部屋に近づくにつれ、あの声が聞こえてきた。

「手をにぎって！」アリス・ネブリーがさけんでいた。

ルイジアナがこわがった。「あらまあ、帰りましょうよ。やめときましょうよ」

「うるさい」ベバリーが言った。

ルイジアナがレイミーに追いついて、レイミーの手をにぎった。レイミーはその手をにぎりかえすと、ヘアクリップの幽霊《ゆうれい》ウサギの前足をにぎっているような、ふしぎな気持ちになった。老人ホームにいる気すらしなくなった。

それでもルイジアナの手をにぎっていて、なんとなくほっとした。

「手をにぎって！」またアリス・ネブリーがさけんだ。

「とっとと、やっちゃおうよ」ベバリーはレイミーとルイジアナを押《お》しのけると、ノックもせずに、アリス・ネブリーの部屋へつかつかと入っていった。部屋のなかは、前に来たときと同じく、洞窟《どうくつ》か、墓場《はかば》のように暗かった。

「入ってっちゃったわ」ルイジアナがレイミーに言った。

「そうだね」レイミーも言った。「入ってっちゃったね」

二人して廊下《ろうか》に立ちつくし、ベバリー・タピンスキの暗い影《かげ》を見つめた。ベバリーはベッドのすぐそばに立っている。

「あ――！」アリス・ネブリーのさけび声を聞いて、ルイジアナとレイミーは、ぎょっとして飛びあがった。

「ベッドの下よ」レイミーが呼《よ》びかけた。

「わかってるよ」暗がりのなかからベバリーが答えた。「もう何回聞いたかしれないよ。あたしが知ってることはただひとつ、おバカな本がどこにあるかってこと」

レイミーはベバリーの暗い影《かげ》がかがみこんで消えたのを見た。

「ベッドの下に本はないよ」少したって、ベバリーのくぐもった声が聞こえた。

「あるはずなんだけど」

「ないよ」ベバリーの暗い影がまた現《あらわ》れた。「この部屋のどこにもないよ。わかんないな。ここの人たちが本をどうするかなんてわかんないからさ。たぶん食べちゃったんだ。それとも本の上に寝《ね》てるとか」

そして、部屋から出てくるかわりに、ベバリーはアリス・ネブリーに近づいた。

「もういいから。本のことはもういい。もどってきて」レイミーはベバリーがなにか過激《かげき》で予想もできないことをしでかすのではないか、たとえばアリス・ネブリーを持ちあげて、下に本がないか見るかもと、とつぜん心配になった。

「あ――!」アリス・ネブリーがさけんだ。「たえられない。たえられない。痛《いた》くてたえられない」

「いやだ。とっても恐《おそ》ろしいわ」ルイジアナはレイミーの手を痛いくらいにギュッとにぎった。「あの人、痛いのにたえられないのね。あたしは、痛みにたえられないあの人の痛みにたえられない」

「手をにぎって!」アリス・ネブリーがさけんだ。

それから、前と同じく、やせこけた手が、まるでお墓《はか》から現《あらわ》れるように、ふとんの下からのびてきた。ルイジアナはキャッと言い、レイミーはかすかなうめき声をあげた。それでもベバリーは、アリス・ネブリーの暗く悲しい部屋で、飛びあがったり逃《に》げたりせずに、静かに立っていた。それからゆっくりとベッドに近づいて、手をにぎった。

「え――!」ルイジアナが小さくさけんだ。「手をにぎったわ。あの人、ベバリーをお墓に引きずりこむつもりよ。ベバリーを殺して、新しい魂《たましい》をつくりだすのに、利用するんだわ」

レイミーはそんな身の毛もよだつような恐ろしいことは考えなかったけれど、心の底から恐怖《きょうふ》を感じた。

「だめ、だめ」ルイジアナはレイミーの手をはなした。「見てられないわ。もどって、助けを呼《よ》んでくる」

「やめて」

でもルイジアナは、スパンコールが意味ありげにキラキラと輝《かがや》くワンピース姿《すがた》で、廊下《ろうか》を走っていってしまった。

レイミーは一人取りのこされて、まだベッドに腰《こし》かけてアリス・ネブリーの手をにぎっているベバリーを見つめて立っていた。

「しー」ベバリーがやさしく言っている。

アリス・ネブリーはもうさけばない。

「もう大丈夫《だいじょうぶ》だから」そう言うと、ベバリーは小声で歌をうたいだした。

どういうこと？　金庫やぶりで、錠前《じょうまえ》やぶりで、砂利《じゃり》をたたいていたベバリー・タピンスキ。その子がアリス・ネブリーのベッドに腰《こし》かけて、手をにぎり、大丈夫だと言い、**歌をうたって**あげている。ベバリーって、何者なんだろう。

ありえないことのように思えた。

ルイジアナがもどってきて、またレイミーの横に立った。小さな胸《むね》があがったりさがったりしている。息づかいが荒《あら》くなってゼーゼーいっている。「見つけたわ」

「なにを?」

「あなたのフローレンス・なんとかの本」

「ナイチンゲール」

「そうだったわ。ナイチンゲール。ナイチンゲールよね。介護士《かいごし》さんの部屋にあるの。ベバリーがゴブリンと戦っているのを助けてもらおうと思って、介護士さんのところへ行ったんだけど、おどろいちゃった! 本があったのよ! 鳥も逃《に》がしてやったわ」

「鳥って?」

「黄色い小鳥よ。介護士さんの部屋で、かごに入ってたの」

ちょうどそのとき、ゴールデン・グレン老人ホームのどこかで、だれかがさけぶのが聞こえた。アリス・ネブリーの声ではない。

「あたし、鳥を逃がすのに、机《つくえ》の上にあがらなくちゃならなかったの。でも急いで出てこなくちゃならなかったから、本を持ってくるのを忘《わす》れちゃって。鳥って、かごのなかにいるもんじゃないでしょ、ね?」

またさけび声がして、走る足音がした。

ベバリーがアリス・ネブリーの部屋から出てきた。

「なにがあったの？」
「よくわからないの」レイミーが答えた。
「あたし、本を見つけたの！」ルイジアナが言った。
黄色い小鳥が、廊下《ろうか》を飛んできて、三人の頭の上をかすめていった。
「あの小鳥？」ベバリーが言った。
アリス・ネブリーの部屋からは、なんの音も聞こえてこなかった。
レイミーは死んでいないことを願った。

22

介護士《かいごし》が廊下を走ってやってきた。鍵《かぎ》の束をジャラジャラ鳴らし、ゴールデン・グレン老人ホームの磨《みが》かれた床《ゆか》をブーツで歩く足音が、なにやら高圧的《こうあつてき》に響《ひび》いた。

介護士はきびしい顔をしていた。とてもピアノで悲しい曲を弾《ひ》く人には見えない。指もとても太かった。それに、黄色い小鳥を飼《か》うような人には、まるで見えなかった。

「まずいわ」ルイジアナがあわてて言った。「急いで。あたしのあとをついてきて」

ルイジアナが二人の先を行く。

「ここよ。ここなの」ルイジアナはドアの開いた小さな部屋を指さした。部屋には机《つくえ》があり、その机のちょうど真ん中に『明るく輝《かがや》かしい道のり——フローレンス・ナイチンゲールの一生』がおかれていた。

「あの本なの?」ベバリーが聞いた。「あれがあんたのくだらない図書館の本?」

机の上にはつるされた鳥かごが、ゆれていた。鳥かごは空《から》だった。かごの小さなとびらが開いている。

鳥かごの開いているとびらを見て、レイミーは悲しくなった。

たった今、お母さんは家でソファに腰《こし》かけて、前をじっと見つめているのかもしれない。ボーカウスキのおばあさんは道路の真ん中で、ビーチチェアに寝《ね》そべっているだろう。そして、シルベスターさんは、きっと、机にむかってタイプしている。キャンディコーンの巨大《きょだい》なびんの前でタイプしている。びんは電動タイプライターがふるえているのといっしょにかすかにふるえている。

そうだ、お父さんはどうしているかしら? たぶん歯科衛生士《えいせいし》といっしょにレストランにいるのだろう。たぶん二人してメニューを手にしている。たぶんなにを注文するか考えている。

お父さんはわたしのことを考えているかな？

もし、わたしのことを忘《わす》れちゃってたら？

だれかに聞きたい疑問《ぎもん》だったけれど、だれに聞いたらいいのかわからない。

「なんでつっ立ったままなの？」ベバリーがせっついた。「本を取りかえすの、取りかえさないの？」

「あらまあ。あたしが取ってくるわ」そう言ってルイジアナは部屋に入り、机《つくえ》の上からナイチンゲールの本をつかむと、走りでてきた。

老人ホームのどこからか、またさけび声がした。

「あたしたち、もう行かない？」ルイジアナが言った。

「そうしよう」ベバリーが賛成《さんせい》した。

こうして、三人は逃《に》げだした。

23

外に出ると、老人ホームの前で、ルイジアナは本を抱《かか》え、ベバリーは縁石《えんせき》に腰《こし》かけ、そしてレイミーは立ちつくした。じっと前を見つめているけれど、なにも見ていない。

「あたしのこと、なんの役にも立たないって言ったわよね」ルイジアナが言いだした。「でも本を見つけたのは、あたし。取りもどしたのもあたし。そして小鳥を自由にしてあげたのもあたしよ！」

「だれも鳥をはなしてやれなんて言ってないよ」ベバリーが言った。

「そうよ、あれは特別よ、特別なよい行いなんだから」ルイジアナは言った。

レイミーの体の奥深《おくぶか》いところで、心臓《しんぞう》が高鳴った。よい行い、よい行いをしないと。よい行いをしなくちゃならないのに、ひどく遅《おく》れをとってしまった。もう追いつけない気がする。

「あんたって……」ベバリーが言いかけた。

ベバリーが続けて言おうとした言葉は、エレファンテ家のステーションワゴンが現《あらわ》れたので、中断《ちゅうだん》された。車はボートン通りを、もうもうとした黒い煙《けむり》をまきちらしながら、ものすごいスピードで走ってきた。

「見て」レイミーは声をあげたけれど、言わなくてもわかることだった。あの車を見逃《みのが》すなんて、不可能《ふかのう》だ。

車は縁石《えんせき》すれすれまで来て、キーッと音をたててとまった。ウッドパネルがはがれかかって、奇妙《きみょう》な角度でぶらさがっていた。考え深げにはためいている。

「乗って、乗って！」ルイジアナのおばあちゃんが大声で言った。「あの女がすぐ後ろにいるんだ。ぐずぐずしなさんな」

「マーシャ・ジーンなの？　あたしたちのあとを追っかけてきてるの？」

「急いで！　三人とも乗るのよ」

「わたしたちも？」レイミーはたずねた。

「そこにつっ立っていないで！　乗って！」

「乗って、乗って！」ルイジアナも、車のまわりを飛びはねながら、大声で言った。

「急いで。マーシャ・ジーンが追っかけてきてるんだから！」

ベバリーがレイミーを見て、しょうがないなといった顔をした。車のほうへと歩いていき、後部座席《ざせき》のドアを開ける。「聞いたよね」ドアを開けたままベバリーが言った。「急ぎなよ。ぐずぐずしないで」

「早く、早く！」ルイジアナは車に乗りこんだ。レイミーはそのあとに乗り、ベバリーが最後に乗った。ベバリーがドアをいきおいよく閉《し》めたけれど、すぐに開いてしまった。

車がすごいいきおいで加速したので、三人は座席に押《お》しつけられた。こわれたドアはバタンと閉まって、それからまた開いた。

「あらまあ、行くわよ」ルイジアナが満足げに言った。

三人は出発した。

24

ルイジアナのおばあちゃんは、「とまれ」の標識《ひょうしき》を信じていないのか、見落としたのか、それともひょっとして自分はそんな規則《きそく》は守らなくてもよいと思っているのか、理由はどうあれ、エレファンテ家の車はすべての「とまれ」の標識を無視《むし》して、とまることもスピードを落とすこともなく通りすぎた。

車はものすごいスピードで走り、たくさんの騒音《そうおん》を出した。キーッという音(はがれかけたウッドパネル)、バンバンという音(閉《し》まらないドア)、そして金属《きんぞく》がすれあう耳ざわりな音(限界《げんかい》をこえたエンジン)。

おまけに後部座席《ざせき》からルイジアナのおばあちゃんの頭は見えなかったから、まるで透明人《とうめい》間が運転する車に乗っているようだった。

すべては夢《ゆめ》のなかのできごとのようだった。

「心配しないで」ルイジアナが言った。「おばあちゃんは運転にかけてはピカイチなの。いつだってマーシャ・ジーンを出しぬくんだから」

ベバリーは、ふふんと鼻先で笑った。

ほんの少し前には、こんなスピードで走るのは不可能《ふかのう》だと思っていたのに、車はさらにスピードをあげている。

レイミーはベバリーのほうを見て、両眉《りょうまゆ》をあげた。

「マーシャ・ジーンの乗ったダッジ車《しゃ》[アメリカの大衆車《たいしゅうしゃ》のブランド]から逃《に》げきったよ」そう言って、ベバリーは欠けた前歯を見せ、ニヤリと笑った。レイミーは、ベバリー・タピンスキの本当の笑顔《えがお》を見るのは、これがはじめてかもしれないと思った。

ルイジアナが笑った。「やったね！　ダッジ車《しゃ》にうんと差をつけてやったわ」

運転席にいる透明人間《とうめいにんげん》のおばあちゃんが笑った。

そして、レイミーも笑った。

レイミーのなかで、なにかが起こっていた。魂《たましい》が大きく、大きく、さらに大きくなってきている。あんまり大きくなったから、体が座席《ざせき》から浮《う》きそうなのがわかる。

「マーシャ・ジーンとやりあうには……」ルイジアナのおばあちゃんが言った。「つねにずる賢《がしこ》く考えて、やりかえし、けっしてあきらめないで、負けを認《みと》めないことだよ」

車は、さらに少しスピードをあげた。

本当なら、とんでもなくこわいはずだった。透明人間が運転するスピードオーバーの車に乗っているわけだから。さらに、車はいつばらばらになってもおかしくない音をたてていた。

でも、ルイジアナとベバリーがレイミーの両どなりにいた。ウサギのヘアクリップをつけ、スパンコールの服を着て、フローレンス・ナイチンゲールの本を抱《かか》えているルイジアナ。顔にあざをつくり、ごつい指をして、モーターオイルと綿菓子《わたがし》が奇妙《きみょう》に混《ま》ざりあったにおいのするベバリー。車のなかにものすごい風が吹《ふ》きこんで、レイミーの魂はかつてないほど大きくなり、これっぽっちもこわいと思わなかった。

レイミーはベバリーのほうをむいて聞いた。「アリス・ネブリーの手をにぎったでしょ」

「だからなに？」ベバリーはあきれたといった顔をした。それから、ニヤリと笑った。「にぎってって、たのんでたじゃない」

「すっごく幸せな気分」ルイジアナが言いだした。「とつぜんだけど、幸せな気分でいっぱいになっちゃった。おばあちゃん、うたってもいい？」

「もちろん、そういうときはうたわなくちゃ、ねえ」

それでルイジアナは「雨にぬれても」〔一九六九年公開の映画《えいが》『明日《あす》に向《む》って撃《う》て！』の挿入歌《そうにゅうか》〕をうたいだした。わたしは落ちこんだりしない。きっと幸せになれると信じているから……。

その声は、レイミーが今まで聞いた声のなかでいちばん美しい声だった。まるで天使がうたっているようだ。もちろん天使がうたっているのを聞いたことはなかったけれど。それでも天使の歌声のように聞こえる。レイミーは聞き入り、窓《まど》の外をいきおいよく流れていく「とまれ」の標識《ひょうしき》を見ていた。

悲しい歌ではないのに、なぜだか悲しいできごとが思い出された。家の台所のライト、オーブンの上にあって、お母さんが夜じゅうつけっぱなしにしているあのライト。

夜中に水を飲みたくなって、台所に行ったときのことを思い出した。お父さんが食卓《しょくたく》のいすにすわって、頭を抱《かか》えていた。お父さんはレイミーに気がつかなかった。それでレイミーはゆっくりあとずさりして、お父さんには一言も声をかけずにベッドへともぐりこんだ。

お父さんは食卓のいすに一人ですわって、頭を抱えて、なにをしていたのだろう？

お父さんに声をかけるべきだった。

でも、かけなかった。

ルイジアナがうたい終わり、おばあちゃんがほめた。「ルイジアナ、おまえがうたうのを聞くと心があったまるよ。すべてがうまくいくって思えるね」

「すべてうまくいくって、おばあちゃん。約束する。コンテストで優勝《ゆうしょう》して大金持ちになるんだから」

「おまえは年寄《としよ》りにとってこれ以上は望めないくらいのいい孫娘《まごむすめ》だよ。ところで、どこまで来たか、外を見てくれる？」

「うちに着いた！」

「そうかい」

車はスピードを落とし、舗装《ほそう》された車道から砂利道《じゃりみち》へと入っていった。

「みんなでいっしょにツナ缶《かん》を食べようよ！」ルイジアナがうれしそうに言った。

「うへえ」ベバリーがため息をついた。

砂利《じゃり》道《みち》の行き止まりまで行くと、巨大《きょだい》な家が現《あらわ》れた。玄関《げんかん》ポーチのひさしはたわみ、煙突《えんとつ》はまるでなにか大事な考えごとがあるかのように、傾《かたむ》いていた。板が打ちつけられている窓《まど》がいくつかある。

ルイジアナが呼《よ》びかけた。「さあ、着いたわよ」

「本当に？」ベバリーが言った。

「ああ、本当だ」ルイジアナのおばあちゃんがきっぱりと言った。「マーシャ・ジーンを出しぬいて、うちに到着《とうちゃく》さ」

25

台所には、ツナの空き缶の山がいくつもあった。壁《かべ》は緑色だ。レイミーははじめて、ルイジアナのおばあちゃんに面とむかって立っていた。ビックリハウスのゆがんだ鏡でルイジアナを見ているようだった。髪《かみ》の毛は白髪《しらが》で顔にはしわがあったけれど、ほかは、孫娘《まごむすめ》にそっくり。とても小柄《こがら》で、ルイジアナよりほんの少し背《せ》が高く、やっぱり髪の毛にあのウサギのヘアクリップをつけていた。この年齢《ねんれい》でヘアクリップをつけているのは妙《みょう》な感じだった。

「ようこそ、ようこそ」ルイジアナのおばあちゃんは、腕《うで》をひろげて言った。「我《わ》が家《や》へようこそ」

「そうよ、ようこそ」ルイジアナがくりかえした。

「ありがとう」レイミーは答えた。

ベバリーはいぶかしげに頭をふった。台所を出て、ぶらぶらとリビングのほうへと歩いていく。

「ルイジアナの親友と知り合いになれて、とてもうれしいよ」ルイジアナのおばあちゃんがレイミーに言った。

「わたし?」レイミーが言った。

「そうそう、あんたのことだよ。『レイミーがこうだった』だの『レイミーがああだった』だので、日が暮《く》れちゃってね。そんなに好《す》かれるなんて、すてきにちがいない。さて、と。缶切《かんき》りを見つけないと。そうしたら、ツナ祭りをしようか」

「あらまあ、あたし、ツナ祭り大好き」ルイジアナが言った。

「家具はどこにあるの？」ベバリーが聞いた。台所の入口の敷居《しきい》の上に立っている。

「なんだって？」ルイジアナのおばあちゃんが聞きかえした。

「家じゅうを見たんだけど、どこにも家具がないから」

「うーん、いったいなんで家具を探《さが》しまわったりするのかね？」

「あたしは」とベバリーは言いかけた。

「そのとおりだよ」ルイジアナのおばあちゃんは言った。「そんなに物を探すのが好きなら、家具じゃなくて、缶切《かんき》りを探してくれたら助かるんだけどね」

「わかったよ、というか、そうらしいね」ベバリーは台所に入って、棚《たな》のとびらを開けたり閉《し》めたりしだした。

「ああ」おばあちゃんが頭を両手で抱《かか》えこんだ。「たった今、とつぜん思い出したよ。缶切りは車のなかだった」

「車のなかだって？」ベバリーがおうむがえしに言った。

「ルイジアナ、いい子だから、車まで走っていって、缶切りを取ってきてくれないかい。見つけるまで、帰ってきちゃだめだよ」

「わかったわ、おばあちゃん」

ルイジアナはくるりと向きを変え、オレンジ色とスパンコールとウサギのヘアクリップを光らせて出ていった。後ろで網戸《あみど》がバタンと閉《し》まると、おばあちゃんはベバリーとレイミーのほうへとむきなおり、服の袖《そで》から缶切《かんき》りを引っぱりだした。

「ジャジャーン！　あたしの父さんはマジシャンだったんだ。あれほど優雅《ゆうが》で、人をだますのがうまいマジシャンはいないよ。父さんから教えてもらったことが、いくつか役立つとわかった。手品なんてね。たとえば物のかくし方」

ルイジアナのおばあちゃんは、どうだという顔をしてみせた。

レイミーはたずねた。「ルイジアナのお父さんとお母さんは、本当に空中ブランコ乗りだったの？　空飛ぶエレファンテだったの？」

ベバリーが、ふふんと鼻先で笑った。

「空飛ぶエレファンテの話は、何度でも話す価値《かち》のある物語なんだよ」ルイジアナのおばあちゃんは言った。

「でも、本当のことなの？」レイミーが食いさがった。

ルイジアナのおばあちゃんは左の眉毛《まゆげ》をあげ、そして右の眉毛をあげ、にっこり笑った。

ベバリーは目を丸くした。

「マーシャ・ジーンはどうなんですか？　本当にいるんですか？」レイミーはさらに聞いた。

「これから起こるかもしれないことを象徴《しょうちょう》しているのが、マーシャ・ジーンなんだ。危害《きがい》を加えるかもしれない人間を警戒《けいかい》するのはいいことだからね。ルイジアナには、用心深くなってもらわないと。そしてずる賢《がしこ》くもね。あたしはずっとそばにいて、あの子を守ってやれるわけじゃないから。もし施設《しせつ》に入れられたりしたら、とてもつらい思いをするだろうからね。あんたたち二人には、あの子から目をはなさないよう、あの子を守ってくれるよう、たのんだよ」

網戸《あみど》がバタンと鳴った。

「おばあちゃん、すみずみまで探《さが》したんだけど、見つからなかったわ」

「心配ご無用、いい子ちゃん。見つかったよ。さ、これからツナ祭りのはじまり！」ルイジアナのおばあちゃんは缶切《かんき》りを手にして、ほほえんだ。

どうすればルイジアナを守れるんだろう？

レイミーは自分のことすらどう守ったらいいのか、わからないのに。

26

ダイニングルームの巨大《きょだい》なシャンデリアの下で、みんなは床《ゆか》にすわった。

「シャンデリアがついたら、とってもきれいなんだけど、つかないのよね。だって電気が来ていないから」ルイジアナが説明した。

家具のない部屋でかわす会話は、奇妙《きみょう》に響《ひび》いた。すべての言葉がこだまになって、はねかえってくる。

みんなで缶《かん》から直接《ちょくせつ》ツナを食べ、小さな紙コップから水を飲んだ。まわりに赤い字でなぞなぞが印刷されている。

「コップの底になぞなぞの答えを入れるはずだったのに、うっかり印刷しわすれたのね」ルイジアナは続けた。「だから、ただでこんなにたくさんの紙コップが手に入ったってわけ。だって、答えが書いてないから。すごいと思わない?」

「うん、すごいね」ベバリーが返事した。

レイミーは紙コップを持ちあげて、コップの横に書いてあるなぞなぞを声にだして読んだ。

「足が三本あって、手はなくて、一日中新聞を読んでいるのはなんですか？」

レイミーは紙コップの底を見た。なにも書かれていなかった。

「ね、書いてないでしょ？」

「バカな質問《しつもん》だね」ベバリーが言った。

外では、稲妻《いなずま》が一瞬《いっしゅん》光り、雷《かみなり》がごう音をたてて落ちた。シャンデリアがゆれる。

ルイジアナのおばあちゃんが「おー」とさけんだ。「大雨になりそうだ」

「みんな、うちのなかにいて安全でよかった」ルイジアナが言った。

土砂《どしゃ》降《ぶ》りがはじまって、濃《こ》い青の壁《かべ》のダイニングルームが、暗い水中のようになった。レイミーは、どういうわけか、四人いっしょにどこかべつの世界を旅しているのかもしれないと思った。今日は本当に奇妙《きみょう》な日だ。

「おばあちゃん」ルイジアナが言った。

「はいよ」

「あたし、アーチーがいなくてさびしい」

「また、その話かい。あたしが言ったことを覚えてる？　過去《かこ》をふりかえるなんて、意味がないんだからね」

「でも、さびしいんだもの」ルイジアナの下くちびるがふるえだした。

「なかよし動物センターで、ちゃんと世話してもらってるよ。確《たし》かだよ」

ベバリーは、ふふんと鼻先で笑った。

ルイジアナは泣きだした。

「いい子だから、もう考えるのはおよし。世の中には、考えるとたえられないことがあるんだよ。ツナをお食べ。なぞなぞの答えを考えなさい」

ルイジアナは大泣きした。

ベバリーがルイジアナの背中《せなか》に手をおいた。ルイジアナのほうへとかがみこみ、なにか耳元にささやいている。

「本当のことだわ。確かに成功したんだもの」ルイジアナが答えた。

「成功した？　それってなんのこと？」ルイジアナのおばあちゃんが問いただした。

「あのね、あたしのパパって警官《けいかん》なの」ベバリーは言った。「だからあたしは、いろんなことを知ってるってわけ」

「あらまあ」おばあちゃんはまっすぐに、すわりなおした。「おもしろいじゃないか。聞いてもいいかな。あんたの父さんはこの町の警官《けいかん》なのかい？」

「ううん」

「じゃあ、どこ？」

「ニューヨーク市」

「ニューヨーク市！」レイミーが大声をだした。「じゃあ、お父さん、ここにはいないの？ニューヨーク市にいるの？」レイミーは信じられなかった。ベバリーのお父さんはいないんだ。ベバリー・タピンスキも、お父さんがいないんだ。

レイミーはベバリーをじっと見つめ、ベバリーはレイミーを断固《だんこ》としたようすで見つめかえした。

「あたしはニューヨークへ行くつもりなの。わかった？　ニューヨークへ行ける年になったら、すぐにあっちへ行くつもりなんだ。もう二回、家出してて、一回はアトランタまで行ったんだ」

「アトランタですって！」ルイジアナがおどろきの声をあげた。

「ところでさ、ここにはあきあきしたよ。あんたたちといっしょでさ。老人ホームのおばあさんのベッドの下から図書館の本を探《さが》すなんて、バカなことをしたりしてさ」

ベバリーはツナ缶《かん》を床《ゆか》においで、立ちあがり、ダイニングルームを出ていった。

レイミーは魂《たましい》が縮《ちぢ》むのを感じた。

「あらまあ」ルイジアナのおばあちゃんは、ため息をついた。

「ベバリーの心は傷《きず》ついているのね」ルイジアナが言った。

レイミーの魂はさらに縮んだ。

「傷ついてる子には気をつけなさいよ。へんな道に引きずりこまれるからね」ルイジアナのおばあちゃんは言った。

外では、雨がさらにはげしく降《ふ》りだした。

「でも、おばあちゃん、あたしたち全員がそうじゃないの?」ルイジアナが雨の音に負けずに大声で言った。「あたしたちって、みんな心が傷ついていない?」

27

町への帰り道、車はそれほどスピードを出さなかった。「とまれ」の標識《ひょうしき》でとまりはしなかったけれど、ゆっくり通りすぎた。歌もなかった。ベバリーは腕《うで》を組んですわり、ルイジアナは窓《まど》の外を見ていて、レイミーは『明るく輝《かがや》かしい道のり――フローレンス・ナイチンゲールの一生』の本を見つめ、足の指をギュッとまげた。でも、もはや目標がなんなのか、まったくわからない。

あまりに悲しくて、目標を見失ってしまった。

「忘《わす》れないで」ルイジアナが、レイミーが車からおりるときに言った。「あたしたちは本を取りもどしたけど、もうひとつ、正さなくちゃいけないことがあるの」

レイミーは手に持った本を見た。

「わかった。月曜日に、アイダ・ニー先生のところで会おうね」

「うん、そうよね。また三勇士《さんゆうし》の出番ね。約束するわ」ルイジアナは言った。

ベバリーは腕組みしたまま、静かにすわっていた。レイミーを見ようともしない。まったく無言のままだった。

レイミーは車のドアをできるかぎり音をたてないように閉《し》め、家の玄関《げんかん》の階段《かいだん》をのぼった。家に入る前にふりかえり、車が通りを走り去っていくのを見た。黒い煙《けむり》が排気管《はいきかん》からもうもうと出ている。レイミーは黒い煙をじっと見つめ、煙が手紙や約束といった意味のあるものに変わってくれないかと願った。そして、車が視界《しかい》から消えるまでじっと見ていた。

「いったいどこへ行ってたの？」お母さんの声がした。玄関《げんかん》のドアを開けて押《お》さえている。お母さんの後ろには本棚《ほんだな》があって、お父さんの本がならんでいた。そのまた後ろには毛足の長い黄色のカーペットがひろがっていて、どこまでも続いているように見える。

「わたし、あの……老人ホームで本を読んであげてたの」

「中に入りなさい。話すことがあるの」

「なに？　なにかあったの？」レイミーは、魂《たましい》が小さくおびえたボールになってしまったと感じた。

「ボーカウスキさんのことよ」

「ボーカウスキのおばあさん」レイミーはくりかえした。

これからお母さんが言おうとしていることがなんであれ、ランプをかかげた女の人が守ってくれるというように、フローレンス・ナイチンゲールの本を胸《むね》にきつく押しあてた。

「ボーカウスキさんが、亡《な》くなったのよ」

28

レイミーは黄色いカーペットを見つめた。本棚《ほんだな》を見つめた。お母さんの顔を見ることができなかった。なにより、うろたえていた。ボーカウスキのおばあさんが死ぬなんて、ありえない。

「お葬式《そうしき》はしないんですって。でも、あしたフィンチ公会堂で追悼式《ついとうしき》があるそうよ。ボーカウスキさんの娘《むすめ》さんが仕切っていて、それが母親の望みだったたって言ってるわ。お葬式じゃなくて追悼式ですって。なぜかなんて、だれも知らないのよ」そこまで言うと、お母さんはため息をついた。「ボーカウスキさんはいつだって、とても風変《ふうが》わりだったわ」

「亡《な》くなったって、どうして?」

「もう年だったもの。心臓発作《しんぞうほっさ》よ」

「そうなんだ」

レイミーは台所へ行った。電話の受話器を取りあげ、クラーク家族保険《ほけん》代理店に電話した。

呼《よ》び出し音がする。レイミーは台所の壁《かべ》にかかっている太陽をかたどった時計を見上げた。午後の五時十五分だった。シルベスターさんはときどき、土曜日に残業してタイプしていることがある。

呼び出し音の二つ目が鳴った。

「お願い」レイミーは足の指をギュッとまげようとした。でも、足が凍《こお》りついたように、固まっている。足の指がぜんぜん動かない。

スタフォプロス先生は、足の指をまげられない場合、どう対処《たいしょ》すべきかについては教えてくれなかった。

三つ目の呼び出し音が鳴った。

ボーカウスキのおばあさんが、死んじゃった！

「クラーク家族保険《ほけん》代理店です」シルベスターさんのアニメの鳥みたいな声が聞こえてきた。「なにかお困《こま》りでしょうか？」

レイミーはだまっていた。

「もしもし？」シルベスターさんの声は言った。

レイミーは話せなかった。

「レイミー・クラークなの?」

レイミーは台所で立ったまま、うなずいた。受話器をにぎりしめ、太陽をかたどった時計を見つめ、シルベスターさんのキャンディコーンの巨大《きょだい》なびんのことを思った。びんは輝《かがや》いていた。まるでキャンディコーンのかわりに明かりが入っているみたいだ。びんのことを思うと心がなごんだ。明かりでいっぱいのびん。

「わたし……」レイミーは話そうとした。でも、それ以上言葉が出てこない。言いたいことは自分のなかで積みあがっているのに。言葉は足の指のどこかにあるのかな? しかも、魂《たましい》が信じられないくらい小さくなってしまった。どこにあるのかさえ、わからないくらい。

レイミーは見つけようとして、自分のなかをさぐった。

「まあ、まあ」シルベスターさんが言った。

「あの」レイミーは口ごもった。

「お父さんは帰ってくるわ」

レイミーは気がついた。シルベスターさんは、レイミーがお父さんが出ていったから動揺《どうよう》していると思っている。

シルベスターさんは、ボーカウスキのおばあさんが亡《な》くなったということを知らない。

そう思うとなぜか、レイミーの魂《たましい》はよけい小さくなり、足の指がさらに固まった。人がなにに動揺《どうよう》しているかなんて本人以外にはわからないと、レイミーはふと思ったし、そのことがひどく悲しいことのように思われた。

ルイジアナに会いたかった。ベバリー・タピンスキにも。

もうひとつ、悲しい考えが浮《う》かんだ。ボーカウスキのおばあさんの魂は、どこへ行ったのだろう。

どこにあるの？

目をとじると、巨大《きょだい》な海鳥が飛ぶのが見えた。海鳥のつばさは、巨大で黒ずんでいて、圧《あっ》倒的《とうてき》な存在感《そんざいかん》があった。

天使のつばさには、とうてい見えない。

「ボーカウスキさんですか？」レイミーはつぶやいた。

「なんて言ったの？」シルベスターさんが聞いた。

「ボーカウスキさん」少し声をはりあげて、レイミーは言った。

「ボーカウスキさんって、だれのことかしら。わたしはシルベスターよ。そして、すべては丸くおさまるわ。丸くね」

「わかった」

とつぜん、息苦しくなった。

ボーカウスキのおばあさんが亡《な》くなった。

ボーカウスキのおばあさんが亡くなった！

ふうーっ。

レイミーのお母さんは、追悼式《ついとうしき》へ行く車のなかで一言も話さなかった。ソファにすわっているのとまったく同じように、前をじっと見つめ、不機嫌《ふきげん》な顔をしてハンドルをにぎっていた。

太陽がさんさんと輝《かがや》いていたにもかかわらず、世界は一夜《いちや》にして色あせて、灰色《はいいろ》になった。

車は中央フロリダ・タイヤ社の前を通りすぎた。「あなたも一九七五年度中央フロリダ・タイヤ社主催《しゅさい》美少女コンテストで優勝《ゆうしょう》できる！」と書かれた大きな横断幕《おうだんまく》が、店の窓《まど》にかけられていた。

レイミーは横断幕の言葉を読み、意味がさっぱりわからないと思っている自分におどろいた。

中央フロリダ・タイヤ社の一九七五年度美少女になる？　どういうことだろう？　そんな言葉、なんの約束にもならない。

レイミーはフローレンス・ナイチンゲールの本に目を落とした。家においてくるのがいいとは思えなかったので、持ってきた。

「その本、どうしたの？」まだ前をじっと見つめているお母さんが聞いた。

「図書館から借りたの」

「あらそう」

「フローレンス・ナイチンゲールの本。看護師《かんごし》だったの。明るく輝《かがや》かしい道のりを歩んだ人」

「それはすてきね」

レイミーは本を見た。フローレンス・ナイチンゲールのランプを見つめた。頭上高くにかざしている。星を運んでいるようだ。

「考えてみて。土のなかの深い穴《あな》のなかにいたとして、その深い穴から空を見上げたら、昼間で太陽が出ていても、星が見えると思う？」

「え？　なんのこと？　いやね、なに言ってるの？」

レイミーもそう信じていいのかわからなかったけれど、信じたかった。本当のことであってほしかった。

「気にしないで」レイミーは言った。それから二人は、フィンチ公会堂につくまで、無言でいた。

29

フィンチ公会堂の床《ゆか》には、緑と白のタイルが敷《し》きつめられていた。レイミーは覚えているかぎり、緑のタイルの上しか歩いたことがなかった。だれかが、白いタイルを踏《ふ》んだら、災《さい》難《なん》がふりかかると教えてくれたからだ。だれだったっけ？　思い出せない。

前のほうには舞《ぶ》台《たい》がある。舞台にはピアノがあり、赤いベルベットのカーテンはいつも開いている。レイミーは、そのカーテンが閉《し》まっているのを見たことがなかった。

公会堂の真ん中には、長いテーブルがおいてあった。テーブルにはたくさんの食べ物がならべられていて、参会者がそのまわりに集まって、おしゃべりしている。

レイミーは右足を緑の四角いタイルの上におき、左足も緑の四角いタイルの上において、動かずにじっとしていた。だれか大人が、通りすぎざまにレイミーの頭をなでていった。だれかが、「マヨネーズの食べすぎで心臓《しんぞう》に来たんだろうな。いや、わからないな。こういうことは、はっきりわからないもんだよね」と言っているのが聞こえてきた。べつのだれかが言った。「ボーカウスキさんは、とてもおもしろい人だったね」

笑い声も聞こえてきた。それでレイミーは、ボーカウスキのおばあさんの笑い声を二度と聞けないことに気づいた。

レイミーのお父さんは、ボーカウスキのおばあさんの笑い声は馬の悲鳴みたいだと、いつも言っていた。でも、レイミーはおばあさんの笑い声が好きだった。なにかおかしいことがあると、頭をのけぞらせ、口を大きく開けて大声で笑うおばあさんが好きだった。おばあさんが笑うときに、歯が全部見えるのが好きだった。防虫剤《ぼうちゅうざい》のにおいをさせているのが好きだった。「ふうーっ」と言うのも好きだった。人間の魂《たましい》について話してくれたことも好きだった。魂についてレイミーに話してくれた人は、ほかにはいない。

レイミーのお母さんは、黒光りするハンドバッグを胸《むね》にしっかりと持った女の人のとなりに立っていた。お母さんが話していて、黒光りするハンドバッグを持った女の人は、お母さんの言葉にいちいちうなずいていた。

レイミーは、ボーカウスキのおばあさんの笑い声を聞きたかった。

おばあさんが「ふうーっ」というのを聞きたかった。

レイミーは今まで、こんなにさびしいと思ったことはなかった。と、そのとき、だれかが「あらまあ」という声がした。

レイミーがふりむくと、ルイジアナ・エレファンテがいた。ルイジアナのとなりには、夏だというのに、毛皮のコートを着たルイジアナのおばあちゃんがいた。

ルイジアナのおばあちゃんは手にティッシュを持ち、顔の前でふって、だれに言うわけでもなく、「深い悲しみに打ちひしがれています」と言っていた。

「あたしも深い悲しみに打ちひしがれています」と、ルイジアナも言っていた。目は食べ物でいっぱいのテーブルを見つめている。

ルイジアナとおばあちゃんは二人とも、髪《かみ》にたくさんのウサギのヘアクリップをつけていた。

ルイジアナ。

ルイジアナ・エレファンテ。

レイミーは今までだれかに会って、こんなにうれしく思ったことはなかった。「ルイジアナ」レイミーは小さな声で呼《よ》びかけた。

「レイミー！」ルイジアナは大きな声をあげた。にっこりと笑い、腕《うで》をひろげる。レイミーは白と緑のタイル両方を踏《ふ》みながら、ルイジアナに近づいた。タイルの色なんて、もうどうでもよかった。どっちの色のタイルを踏もうが、悪いことなんて、しょっちゅう起きるから、どのタイルを踏んでもかまわない。

ルイジアナがレイミーを抱《だ》きしめた。

レイミーはフローレンス・ナイチンゲールの本を取りおとした。本は床《ゆか》に落ち、パチンと手を打ったような音がした。

レイミーは泣きだした。「ボーカウスキのおばあさんが死んじゃった。ボーカウスキのおばあさんが死んじゃった」

30

「しー」ルイジアナは、レイミーの背中《せなか》をやさしくたたきながら言った。「心からお悔《く》やみ申しあげます。これって、お葬式《そうしき》のときの決まり文句《もんく》よね。それに、本当のことだもの。お悔やみ申しあげます」

レイミーは、ぜんそく持ちのルイジアナが、苦しそうにゼーゼーと息をするのを聞いた。

『お悔やみ申しあげます』っていい感じ」まだレイミーをしっかりつかんでいるルイジアナは続けた。「いい言葉ね。いつだって、だれにでも言える言葉だわ。そうだ、あたしにだって、言ってくれてもいいのよね。だって、アーチーやあたしの両親のことがあるでしょ」

レイミーはしゃくりあげた。「お悔やみ申しあげます」

「まあ、まあ。好きなだけ泣いてね」ルイジアナの肺《はい》がゼーゼーいって、レイミーの背中をたたくたびに、ウサギのヘアクリップがカチャカチャ鳴った。

舞台《ぶたい》の上ではだれかが、たぶん子どもだろう、「チョップスティックス」〔両手のひとさし指だけで弾《ひ》く簡単《かんたん》な曲」をピアノで鳴らしはじめた。

ルイジアナみたいなやせっぽちの子に抱《だ》きよせられたって、ちっともなぐさめにならなそうなのに、ヘアクリップがカチャカチャいったり、肺《はい》がゼーゼーいったりしていても、レイミーは、じっさいはとてもなぐさめられた。

レイミーはルイジアナにしがみついた。もう一度しゃくりあげた。目をとじ、また開けた。ルイジアナのおばあちゃんが、食べ物のテーブルの前に立って、大きな緑色のブドウを持っているのが見えた。ルイジアナのおばあちゃんは、そのブドウをハンドバッグにしのばせた。

それから毛皮のコートのポケットに、ひとつかみのクラッカーを入れた。

ルイジアナのおばあちゃんが、ボーカウスキのおばあさんの追悼式《ついとうしき》で、食べ物をぬすんでいる!

ピアノの音が強まってきた。レイミーはルイジアナにしがみついたまま、あたりを見まわした。お母さんは腕組《うでぐ》みをして、会場のすみに立っていた。だれかが話すのを聞いている。

そしてうなずいていた。

ルイジアナのおばあちゃんは、バッグにオレンジ色のチーズをひとかたまり入れた。

レイミーは頭がくらくらした。

「頭がくらくらする」レイミーは言った。

ルイジアナは、レイミーから手をはなした。かがんでナイチンゲールの本を床《ゆか》から拾う。

「こっちに来たら」そう言うとレイミーの手を取り、舞台《ぶたい》に連れていって、赤いカーテンをわきへ押《お》しやった。ほこりがパアーッと空中に舞《ま》いあがり、頭の上でただよった。なにかを祝っているかのように。

「さあ、すわって」ルイジアナは、舞台へあがる階段《かいだん》を指さして言った。「ボララッキーさんのことで、知ってるかぎり全部、あたしに話して」

「ボーカウスキ」

「そうだったわ。とにかく話してみて」

レイミーは自分の手を見た。

足の指をギュッとまげようとした。でもまがらない。

「えっと。名前はボーカウスキ。うちの向かい側に住んでて、笑うと歯が全部見えたの」

「それってすてき」ルイジアナがレイミーの手を軽くたたいた。「歯は何本あったの？」

「たくさん。たぶん、全部あったと思う。自分じゃ足に手がとどかないから、わたしが足の爪《つめ》を切ってあげてたの。そうするとメレンゲをくれた」「メレンゲってなあに？」

「お菓子《かし》。見た目は雲みたいにふわふわしてて、これって味はないんだけど、とにかく、とっても甘《あま》いの。トッピングでクルミをのっけてくれることもあった」

「おいしそうだわ」ルイジアナはため息をついた。「あたし、甘いものが大好きなの。食べ物の上にナッツをのせるのって、いいアイデアじゃない？」

「ボーカウスキのおばあさんは、なんでも知ってた」

「あら、うちのおばあちゃんみたいね。おばあちゃんもなんでも知ってるの」ルイジアナがベルベットのカーテンをゆらしたから、またほこりが立って、二人のまわりでうずを巻《ま》いた。

レイミーは、ほこりが舞《ま》っているのを見つめた。

「ふうーっ」死んでしまったのに、ボーカウスキのおばあさんの声が聞こえる。

レイミーは考えた。もし、このほこりひとつひとつがすべて惑星《わくせい》だったら、もしその惑星すべてが人間でいっぱいだったら、そして、もしすべての惑星にいるすべての人間が魂《たましい》を持っていて、レイミーが今まさにしているように、足の指をギュッとまげて、物事の意味を理《り》解《かい》しようとしているのに、あまりうまくいかないでいるとしたら？

恐《おそ》ろしい考えだった。

「お腹《なか》がすいちゃった」ルイジアナが話しだした。「あたし、いつでもお腹がすいてるの。おばあちゃんに言わせると、あたしって底なしの穴《あな》なんだって。あんまり食べるから、そのうち破産《はさん》しちゃうって言うの。だから、おばあちゃんとあたしが飢《う》え死《じ》にしないように、美少女コンテストで優勝《ゆうしょう》しないと」

「お父さんが家を出たの」

「なんて言ったの？」

「お父さんが行ってしまったの」

「え、どこへ？」ルイジアナは、まるでレイミーの父が、フィンチ公会堂のどこか、テーブルの下かカーテンのかげにでもいるかのように、あたりを見まわした。

「お父さんが、歯科衛生士《えいせいし》とかけおちしたの」

「それって、歯をクリーニングする人のこと？」

「そう」

ルイジアナはレイミーの背中《せなか》をやさしくたたいた。「残念だわ。心からお悔《く》やみ申しあげます」

「わたし、お父さんを取りもどすつもりだったの。がんばってコンテストで優勝して、わたしの写真が新聞にのれば、その写真を見たお父さんが家に帰ってくると思っていたの」

「あなたの写真が新聞にのるってすばらしいことだわ。お父さんはあなたを誇《ほこ》りに思うでしょうね」

「そうならない気がする。なにをやっても、うまくいかない気がする」

レイミーが恐《おそ》ろしいことを口にしたちょうどそのとき、食べ物をならべたテーブル付近で、つかみ合いが起こった。

レイミーは、ルイジアナのおばあちゃんが怒鳴《どな》るのを聞いた。

「ちょっと、はなしてよ！」

「おいおい、静かにしてくれ」ほかのだれかが言った。

「あらまあ」ルイジアナが声をもらした。

ルイジアナのおばあちゃんが声をはりあげた。「なにが言いたいんだか、あたしにはさっぱりわからないけどね、なにを言われようが、あたしは気にかけないからね」そして、さらに大きな声で言った。「ルイジアナ！　もう行くよ」

「もう行かなくちゃ」

そう言ってルイジアナは立ちあがり、レイミーの背中《せなか》をやさしくなで、それからレイミーの目をのぞきこんで言った。「言いたいことがあるの」

「いいよ」

「あなたと知り合いになれて、とてもうれしいわ」

「わたしもよ」

「なにがあっても、あたしがいるし、あなたがいるし、あたしたちはいっしょにいるってことを言いたいの」ルイジアナがバイバイと空中で左手をふった。まるで魔《ま》法《ほう》をかけて、フインチ公会堂のすべて――ベルベットのカーテン、古びたピアノ、緑と白のタイル張《ば》りの床《ゆか》――を呼《よ》び出したかのようだった。

「そうだね」レイミーは足の指をギュッとまげた。ほんの少しだけど感覚がもどってきた。

「明日のバトントワリングのレッスンで会おうね」ルイジアナが言った。「じゃあ、あたしこの裏口《うらぐち》から出てくわ。もし、マーシャ・ジーンや警官《けいかん》を見かけても、あたしがどこに住んでるかなんて、言わないでね」

それから、レイミーがとめる間《ま》もなく、ルイジアナは『非常口《ひじょうぐち》　警報《けいほう》が鳴ります』と書かれたドアから出ていった。

警報がすぐさま鳴った。

ひどく大きな音だった。

レイミーは、公会堂にいた人々がなにが起きたのか知ろうとして走りまわるのを見た。カーテンをつかんで引きよせ、空中に舞《ま》いあがったほこりがうずを巻《ま》いて落ちていくさまを、観察した。

足の指をもう一度ギュッとまげた。

魂《たましい》を感じることができた。それはとても小さな火花で、自分のなかの深いところにあった。

魂は輝《かがや》いていた。

31

世界は変わらない。

去りゆく人に、死にゆく人、追悼式《ついとうしき》へ行き、オレンジ色のチーズのかたまりをハンドバッグに入れる人もいる。いつもお腹《なか》をすかしていると打ち明ける人もいる。それでも人は朝起きて、なにも起こらなかったかのようにふるまう。

バトンを持ってバトントワリングのレッスンへ行き、クララ・ウィングチップがおぼれたクララ湖の前にあるアイダ・ニーの家の、風にそよぐ松の木の下に立つ。ルイジアナ・エレファンテとベバリー・タピンスキといっしょに、アイダ・ニーが姿《すがた》を見せてバトントワリングを教えてくれるのを待っている。

世界は、変わらない。信じられないし、説明もできないけれど。

「先生、おそいな」ベバリーが言った。

「あらまあ。もうバトントワリングを習えないのかしら、心配だわ」ルイジアナも言った。

「バトントワリングなんて、バカげてる」ベバリーが言った。「習う必要なんてないよ」

「あたしは習わなくちゃならないの」ルイジアナが言った。「どうしてもね」

レイミーは無言のままだった。とても暑い。レイミーはじっと湖を見つめた。これ以上なにをすべきなのか、わからない。

「いい考えがあるわ」ルイジアナが言った。「ニー先生を探《さが》しにいきましょうよ」

「探さないけど、探したってうそをつけばいいよ」そう言うと、ベバリーはバトンを空中に放りあげ、手首を優雅《ゆうが》にひねらせてバトンを受けとめた。顔のあざは色がうすれて、黄色になっていた。青リンゴ味のガムをかんでいる。レイミーはにおいでわかった。

「あ、そう。あたしは先生を見つけにいくわ」ルイジアナは言いはった。「だって、あたし、なにがなんでもコンテストで優勝《ゆうしょう》して、賞金をもらって、施設《しせつ》に行かないですむようになりたいんだもの」

「だよね。もう全部知ってるよ」ベバリーが言った。

「あなたたち、あたしといっしょに行かない？」

だれも答えなかったので、ルイジアナは背《せ》をむけて、アイダ・ニーの家のほうへとむかった。

ベバリーはレイミーを見て、あきれたといった顔をしてみせた。

レイミーも同じ顔をしてみせたけれど、すぐにルイジアナのあとを追った。

「わかった、わかったよ」あわててベバリーもあとに続いた。「あんたたちがそう言うんだったらさ。ここにいたって、ほかにすることもなさそうだし」

三人は、砂利《じゃり》が敷《し》きつめられた私道へと歩いていった。

「あたしたちは三勇士《さんゆうし》よ」ルイジアナが力強く言った。「捜索《そうさく》救出作戦に取りかかるわよ」

「都合《つごう》のいい話つくって、一人で言ってれば」ベバリーは皮肉っぽく言った。

三人は私道で立ちどまり、家と車庫のようすをうかがった。あたりはしんとしていた。アイダ・ニーの姿《すがた》はどこにもなかった。

「たぶん、事務所《じむしょ》にいるのよ。つぎにあたしたちになにを教えようか、考えてるんだわ」ルイジアナが言った。

「ふーん、そうなんだ」と、ベバリー。

ルイジアナは車庫のドアをノックした。返事はない。ベバリーがルイジアナのすぐ後ろにやってきて手をのばすと、ドアノブをつかんでゆすった。

「この手の鍵《かぎ》だったら、わけないよ」ベバリーはそう言うと、ショートパンツからポケットナイフを取りだし、バトンをレイミーにわたした。「持ってて」

ベバリーは鍵を開けにかかった。神経《しんけい》を集中させている顔だ。

「えっと」レイミーが口をはさんだ。「わたしたちって、先生の事務所に侵入《しんにゅう》しようとしてるの？」

「ほかになにしてると思ってんの？」ベバリーが言った。

ベバリーは鍵穴《かぎあな》をカチャカチャいわせていたが、すぐに、にっこりと笑った。「ほらね」

ドアはいきおいよく開いた。

「あらまあ、すばらしい特技《とくぎ》だわ」ルイジアナが言った。

「バトントワリングよりずっといいよ」ベバリーは胸《むね》をはった。

ルイジアナは事務所《じむしょ》のなかをのぞきこんだ。「ニー先生いますか？　バトントワリングのレッスンを受けにきたんですけど」

ベバリーがルイジアナをこづいた。「そんなに先生を見つけたいなら、中に入りなよ」

「ニー先生、いますか？」ルイジアナがもう一度、呼《よ》びかけた。事務所に入っていく。ベバリーとレイミーはあとについて入った。事務所として使っている車庫の床《ゆか》と壁《かべ》は、緑の毛足の長いカーペットでおおわれていた。天井《てんじょう》にも緑の毛足の長いカーペットが貼《は》られていた。

バトントワリングのトロフィーがところせましとならんでいる。緑色のうす暗がりのなかで、何百もあるトロフィーが光っていて、車庫がまるでアリ・ババの洞窟《どうくつ》のようだった。奥《おく》の壁の前に、ネームプレートのおかれた机《つくえ》があった。〈アイダ・ニー、州チャンピオン〉と、プレートに書かれていた。

机の後ろの壁には、ヘラジカの頭が飾《かざ》られていた。

「そうだ、荒《あ》らすのにちょうどいいや」ベバリーが言いだした。「まさにこの場所だよ。先生はここにあるトロフィーを全部自分が取ったみたいに飾ってるけど、そうじゃないのもあるんだから。これ見てよ」ベバリーは指さした。「このトロフィーはあたしのママのだよ」

ルイジアナは、そのトロフィーを目をこらして見た。「ロンダ・ジョイって書いてある。このロンダ・ジョイってだれなの？」

「ママの名前。まだパパと結婚《けっこん》する前の」

「あなたって、ベバリー・ジョイだったかもしれないんだ！」

「ううん、ありえない」

「あなたのお母さんって、バトントワラーだったの？」レイミーは聞いた。

「ママはバトントワラーで、美人コンテストでも優勝《ゆうしょう》したけど、だからってなに？　今じゃ、そのどっちでもない。ベルクナップ・タワーのみやげもの屋で、太陽の缶詰《かんづめ》とゴムでできたワニのおもちゃを売ってる、ただの人」

「ここは宝《たから》の山だわ」ルイジアナが興奮《こうふん》して言った。「トロフィーを全部売ったら、もう二度とお金のことを心配しなくてすむわ」

「ここにあるのは、ただのがらくただよ」

レイミーは、ベバリーとルイジアナの声を聞いてはいても、なにを話しているのかまでは聞いていなかった。ヘラジカの頭を見つめ、ヘラジカもレイミーを見つめかえしている。

ヘラジカは、レイミーが今まで見たなかで、いちばん悲しげな目をしていた。

ボーカウスキのおばあさんの目のようだ。

あるとき、レイミーがボーカウスキのおばあさんの足の爪《つめ》を切っているとき、おばあさんはレイミーに質問《しつもん》をした。「教えて、どうしてこの世界は存在《そんざい》しているの？」

レイミーはおばあさんの顔を、その悲しげな目を見上げ、言った。「わかりません」

「そのとおり。あんたは知らない。だれも知らないのよ。だれもね」

「なにを見つめてるの？」ベバリーの声がした。

「べつに。ただあのヘラジカが悲しそうだから」

「死んでるんだよ。悲しくってあたりまえだよ」

「ちょっと、大事なことを忘《わす》れないでよね」ルイジアナが注意した。「ニー先生を探《さが》してるのよ」

「まったく」ベバリーが言いかえした。

「もしかして、家のなかも探したほうがいいんじゃない？」ルイジアナが提案《ていあん》した。

レイミーはヘラジカを見つめた。

ふうーっ。教えて、どうしてこの世界は存在しているの？

「行くよ。先に進まないと」ベバリーはレイミーの肩《かた》に手をやり、外の世界から光がさしこんでいる車庫のドアのほうへと、レイミーの向きを変えた。

レイミーはまばたきした。

「先に進まないと」ベバリーがもう一度言った。

それで、レイミーは開いているドアへむかって歩いた。

32

三人はアイダ・ニーの家の正面玄関《げんかん》のドアをノックし、ドアベルを鳴らした。返事がないので、ルイジアナが言いだした。「たぶん先生は助けを必要としているのよ。あたしたち三《さん》勇士《ゆうし》は、先生を救助しないといけないわ」

「おやおや」ベバリーはうれしそうだ。

「あなたが鍵《かぎ》を開けて、中に入るのってどうかしら」

「よい考えだ」そう言うと、ベバリーはポケットナイフを取りだして、アイダ・ニーの玄関の鍵《かぎ》をこじ開けた。

「ニー先生？」ルイジアナが大声で呼《よ》んだ。「あたしたちです。三勇士《さんゆうし》です」

家のずっと奥《おく》のほうから、歌声といびきが聞こえてきた。

ルイジアナが最初に廊下《ろうか》の角をまがった。ベバリーがあとに続く。レイミーはベバリーのあとに続く。

「先生ったら、寝《ね》てる」ルイジアナが二人のほうをふりむいて、小声で言った。「ほら！」

ルイジアナは、タータンチェック柄《がら》のソファで、手と足をのばして寝ているアイダ・ニーを指さした。片方《かたほう》の腕《うで》を床《ゆか》につきそうなくらいだらんとたらし、もう片方の腕でバトンを持って胸《むね》に押《お》しあてていた。白いブーツをはいたままだ。

カントリー・ミュージックの曲がラジオから流れていた。だれかがだれかと別れたことをうたっている。カントリーもウェスタンも、人と人との別れをうたっている曲ばっかりだ。

アイダ・ニーの口は大きく開いていた。

「先生ったら、おとぎ話の眠《ねむ》り姫《ひめ》みたい」ルイジアナが言った。

「酔《よ》っぱらってるようにしか見えないけど」ベバリーはかがみこみ、アイダ・ニーの腕をくすぐった。

「あらまあ。そんなことしないでよ。先生を怒《おこ》らせちゃうじゃない」ルイジアナはアイダ・ニーの耳元にかがみこんだ。そしてささやいた。「ニー先生、起きてください。レッスンの時間です」

なにも起こらなかった。

レイミーはアイダ・ニーを見てから、目をそらした。大人が眠《ねむ》っているところを見るのは、空恐《そらおそ》ろしかった。世界を見張《みは》っているはずの大人が眠っていると、だれもめんどうを見てくれない気がしてこわかった。かわりに、レイミーはクララ湖を見つめた。湖は青く輝《かがや》いていた。

クララ・ウィングチップは、小屋の前に三十六日間すわって、夫が南北戦争から帰ってくるのを待ち続けたという。そして、三十七日目、クララは湖でおぼれて死んだ。事故《じこ》で？それとも自殺？　なぜそうなったのかなんて、だれにもわからない。

三十八日目になって、デヴィッド・ウィングチップが帰ってきた。

でも、おそかった。どうでもいいことだ。だって、クララはもういなかったから。

どのくらい待つべきなのだろうか？　レイミーが、ボーカウスキのおばあさんに聞いておけばよかったと思う、もうひとつの質問《しつもん》だった。どのくらい待つべきなのか？　いつ、待つのをやめるべきなのか？

たぶん、とレイミーは思った。車庫にもどって、あのヘラジカの頭に聞いてみるべきかも。

教えて、どうしてこの世界は存在《そんざい》しているの？

「先生のバトンをもらっちゃおうっと」ベバリーが言いだした。

「ええ？」レイミーはおどろいた。

「先生のバトンをもらうんだ。見てて」

「だめ、だめ、だめ」ルイジアナが手で目をおおった。「そんなことしないでよ。見てられないわ」

ベバリーは、眠《ねむ》っているアイダ・ニーの上にかがみこんだ。世界はしんと静かになった。ラジオの歌は終わった。アイダ・ニーはいびきをかくのをやめた。

「んもう、いや」手で目をおおったまま、ルイジアナが言った。

「お願い」レイミーも言った。

「そんなに、だだこねないでよ」と言って、ベバリーがアイダ・ニーの上にかがみこむと、バトンはベバリーの指の間をすり抜《ぬ》ける銀色のロープになった。「ジャジャーン！」ベバリーは立ちあがった。バトンをさしだす。バトンはクララ湖からの光をあびて、きらめいた。

「あらまあ」ルイジアナがため息をついた。

ベバリーはバトンを放りあげて、落ちてくるところを受けとった。「荒《あ》らす！　荒らす、めちゃくちゃに荒らしてやる！」

べつのカントリー・ミュージックが、ラジオから聞こえてきた。アイダ・ニーが一度、二度と鼻を鳴らした。そして、ふたたび、いびきをかきだした。

ベバリーが今度はより高くバトンを投げあげた。背中《せなか》でバトンをくるくるまわす。前でもまわした。ものすごく速くはげしくまわしたから、バトンがほとんど見えなくなるくらいだった。

「まあ、あなたってバトンの天才だわ」ルイジアナがほめた。

「あたしは、なんにだって才能《さいのう》があるんだ」バトンをまわし続けながら、ベバリーはにっこりした。欠けた前歯が見えた。「さあ、ここから出ようよ」

三人は外へ出た。

33

三人はアイダ・ニーの家を出て、クララ湖通りを町にむかって歩きだした。レイミーがベバリーと自分のバトンを持っていた。

ベバリーはときどきとまって、アイダ・ニーのバトンを道路わきの小石や砂利《じゃり》に打ちつけた。きらめく湖は、道がまがったり、三人がどんどん歩いてはなれて行くにつれ、姿《すがた》を現《あらわ》したり、消えたりした。

「どこへ行くの?」レイミーがたずねた。

「あの忌々《いまいま》しいダッジ車《しゃ》から逃《に》げだすの」ルイジアナが答えた。

「そのとおり」ベバリーが立ちどまり、アイダ・ニーのバトンをさらに砂利に打ちつけた。

「逃げる。忌々しい。逃げだすってさ」

「わかったわ」ルイジアナが言いだした。

「なにが?」レイミーが聞いた。

「今よ。あたしたち三勇士《さんゆうし》が立ちあがってアーチーを救出するのは、今よ」

「あたしたちは三勇士じゃないってば」ベバリーが訂正《ていせい》した。

「じゃあ、あたしたちって何者なの?」

「あのね、あんたの猫《ねこ》を救出することはできないんだ」

「手伝ってくれるって言ったじゃない。とにかくなかよし動物センターへ行って、アーチーのことを聞いてみましょうよ」

「なかよし動物センターなんて、ないんだってば!」ベバリーがさけんだ。「何回あんたに言わなきゃならないのさ?」

レイミーはベバリーとルイジアナの間に割《わ》って入って、足の指をギュッとまげた。とつぜん、こわくなった。

「手伝ってくれるの、くれないの?」そう言うと、ルイジアナはベバリーとレイミーを見つめた。ピンクのウサギのヘアクリップが、頭の上で溶《と》けたような色になって輝《かがや》いていた。とても暑かった。

「いいよ」ベバリーが折れた。「行ってみて、猫を探《さが》すことならできるから。あたしが言いたいのは、あんたが世界がどういう仕組みになっているのか、わかっちゃいないってことだよ」

「あたしは世界の仕組みくらい、ちゃんと知ってるわ」ルイジアナは砂利《じゃり》を踏《ふ》みならした。「どういうものか知ってるってば。あたしの両親はおぼれ死んだ！　あたしは孤児《こじ》！　養護《ようご》施設《しせつ》ではソーセージ用のひき肉をはさんだサンドイッチしか食べさせてくれない！　それが世界の仕組みなの」

ルイジアナは深呼吸《しんこきゅう》をした。レイミーには、ルイジアナの肺《はい》がゼーゼーいうのが聞こえた。

「あなたのお父さんはニューヨーク市に住んでるんでしょ」ルイジアナはベバリーを指さした。「でもって、会いに行こうとして、行けなかった。ジョージア州までしか行けなかった。ジョージア州なんてすぐとなりの州じゃない。ぜんぜん遠くない。そうよ、世界の仕組みって**そういうこと**なのよ」

ルイジアナの顔は真っ赤だ。ウサギのヘアクリップが燃《も》えている。ルイジアナはふりむいて、レイミーの顔を見た。「それから**あなたの**お父さん。歯のクリーニングの女とかけおちして、もどってくるか、わからないんでしょ。そうよ、世界の仕組みってそういうものなのよ！　アーチーは猫《ねこ》の王様なのに、あたしは裏切《うらぎ》ってしまった。もどってきてほしいから、二人に手伝ってもらいたいの、だって友達なんだから。そうよ、これだって、世界の仕組みだわ」

ルイジアナはもう一度、砂利《じゃり》を踏《ふ》みつけた。ほこりが三人のまわりに舞《ま》いあがる。

レイミーは、魂《たましい》が自分のなかのどこか奥深《おくぶか》いところにあるのを感じた。魂は小さく、悲しく、重く、鉛《なまり》でできた小さな小さな玉。とつぜんレイミーは悟《さと》った。美少女コンテストでは勝てないだろう。それどころか、コンテストの優勝《ゆうしょう》をめざしてがんばる気もなくなった。

でも、ルイジアナは友達だったし、守らなくちゃならないし、物事がうまくいくように、今レイミーが考えられることといったら、よき勇士になることだった。

それで、レイミーは言った。「ルイジアナ、わたし、あなたといっしょになかよし動物センターへ行く。アーチーを取りもどすのを手伝う」

太陽は頭の上、ずっと高いところにあった。三人にようしゃなく照りつけている。三人を見つめている。待っている。

「いいよ」ベバリーは半ばあきらめ顔になった。「もし、それがあたしたちのすることなら、することとしようよ」

そのあと町までの道を、三人は無言で歩いた。

ルイジアナが先頭に立って歩いた。

34

なかよし動物センターは、灰色《はいいろ》のペンキがぬられた軽量コンクリートブロックの建物だった。かつて、たぶん過去《かこ》のいつか、幸せだったときには、コンクリートはピンクにぬられていたのだろう。何か所か灰色のペンキがはげて下のピンクが見えていたから、なかよし動物センターは皮膚病《ひふびょう》にかかっているように見えた。

ドアには、小さな看板《かんばん》がぶらさがっていた。十号棟《とう》とある。

灰色にぬられた木製《もくせい》のドアはゆがんでいた。

建物の前には、しなびた小さな木がある。葉がなくて、茶色だった。

「ここ？」ベバリーが聞いた。「ここがそうなの？」

「看板に十号棟って書いてあるけど」レイミーが言った。

「ここがなかよし動物センターよ。おばあちゃんがアーチーを連れてきたのがここ」ルイジアナの声は高くなり、緊張《きんちょう》している。

「まあ、まあ」ベバリーがルイジアナをなだめた。「ここがそうなんだ。たのむからさ、ここはあたしに話させてよ。いい？　たまには、だまっててよ」

十号棟《とう》のなかはとても暗かった。金属製《きんぞくせい》の机《つくえ》と書類整理棚《しょるいせいりだな》、天井《てんじょう》からぶらさがっている電球がひとつ、目に入った。床《ゆか》はセメントがむきだしだ。机では、女の人がサンドイッチを食べていた。そばにとじたドアがあり、そのドアがどこに通じているかはわからない。

暗がりのなかから、部屋のようすがひとつひとつゆっくりと、しぶしぶと、浮《う》きあがってきた。

「なにか？」女の人は言った。

「猫《ねこ》をむかえに来たんです」ベバリーが言った。

女の人は冷たく答えた。「猫はいないわ。猫は持ちこまれたその日にかたづけちゃうから」

「そんな」レイミーがうめいた。

女の人は、サンドイッチをもう一口食べた。

ルイジアナは怒《おこ》った。「かたづけるって？　いったいどこで？　なにをするの？　ダストシュートから落とすってこと？」

女の人は答えなかった。すわったままサンドイッチをじっと見ている。

ドアの奥《おく》から、恐《おそ》ろしい声が聞こえてきた。絶望《ぜつぼう》と不幸と悲しみのうなり声だった。レイミーは、こんなにさびしげな声を聞いたことがなかった。手をにぎってとさけんでいたアリス・ネブリーの声より悲惨《ひさん》だった。レイミーは身の毛がよだった。魂《たましい》がしぼむ。レイミーはルイジアナの腕《うで》をにぎった。

「そのドアの向こうにはなにがあるの?」ルイジアナはバトンでドアをさした。

「なにも」女の人は無愛想《ぶあいそう》に言った。

「あのね、猫《ねこ》の名前はアーチーっていうんです。記録かなにか見てもらえませんか?」ベバリーが聞いた。

「猫の記録はとってないの。多すぎるのよ。持ちこまれたら、かたづけるだけ」

「いったいどこに?」ルイジアナが言った。

「さあ、帰ろう」ベバリーが言った。

「いや、帰らない。アーチーはあたしの猫なんだから。返してほしいの」

うなり声がいちだんと大きくなった。建物じゅうに響《ひび》いている。女の人はサンドイッチをもう一口ほおばった。部屋の中央にぶらさがっている電球は、十号棟《とう》から出ていくのに十分なエネルギーをたくわえて、照らすのにましなほかの部屋を探《さが》しにいこうとするかのように、ぶらぶらとゆれた。

レイミーはまだルイジアナの腕《うで》をつかんでいた。ベバリーが、ルイジアナのあいている手をつかんだ。「行こう、さ。ここを出るよ」

「いや」ルイジアナはいやがったけれど、レイミーとベバリーにおとなしく引っぱられて、ドアのほうへとむかい、外の太陽の光をあびた。

「あの女の人が言った、**かたづける**って、どういう意味なの？」外に出ると、ルイジアナが聞いた。

「あのさ、説明したでしょ」ベバリーが答えた。「はっきり言うよ。猫《ねこ》はいなくなっちゃったんだ」

「いなくなっちゃったって、どういうこと？」

「死んだってこと」

死んだ。

なんて恐《おそ》ろしい言葉なんだろう。それで終わり、反論《はんろん》できないってこと。レイミーは青い空、太陽を見上げた。

「アーチーは、ボーカウスキのおばあさんといっしょにいるかもね」レイミーはルイジアナに語りかけた。とつぜん、道の真ん中でひざに猫《ねこ》をのせ、ビーチチェアに寝《ね》そべっているおばあさんの姿《すがた》が目に浮《う》かんだ。

「ちがう」とルイジアナが言いかえした。「うそついてる。アーチーは死んでなんかいない。もし死んでるんだったら、あたしにはわかる」

そして、とめる間《ま》もなく、ルイジアナはゆがんだ木のドアを開けて、中にもどっていった。

「ちょっと」レイミーは言った。

「さあ、はじまるよ」ベバリーが言った。

レイミーとベバリーは、いっしょに十号棟《とう》のなかにもどった。「アーチーを返して、返して、返してったら！」ルイジアナは怒鳴《どな》りながら金属製《きんぞくせい》の机《つくえ》をけっている。

サンドイッチを持った女の人は、起こっていることに動揺《どうよう》していないどころか、おどろいてさえいないようだった。ルイジアナは机をけるのをやめ、バトンで机を打ちはじめた。女の人は少しうろたえはじめた。今まで机をバトンでたたいた人なんて、だれもいなかったのかもしれない。女の人はサンドイッチをおいて、言った。

「やめなさい」

机を打つうつろなバトンの音が、あたりにこだました。王様の死を告げるこわれたドラムのような音だった。

「やめるわ。返してくれたら、すぐにでも」ルイジアナはさけんだ。「返して！　アーチーを返して！」

こんな勇気ある行動は見たことがないと、レイミーは思った。すでにいなくなっているものを返してと要求するなんて。全世界が暗くて、悲しくて、でもたったひとつの電球で照らされている。ルイジアナを見ていて、レイミーは、自分のなかの魂《たましい》が浮《う》いてくるのを感じた。

「アーチーをちゃんと世話するはずだったでしょ？」ルイジアナが女の人に食ってかかった。バン！「アーチーに一日三回、ごはんをあげるって言ったじゃない？」バン！「それから、耳の後ろをくすぐってあげるって」バン！「アーチーの好きなくすぐり方で」

バン！　バン！　バン！

とじているドアの後ろから、さっきの恐《おそ》ろしいうなり声がまた聞こえてきた。

ルイジアナはバトンで机《つくえ》をたたくのをやめた。つっ立って、耳をかたむけた。そしてその場にかがんだかと思うと、両手をひざにおき、大きくあえぎだした。

「もうすぐ気絶《きぜつ》するよ」ベバリーがレイミーに言った。「もし気絶したら、あんたは手を持って。あたしは足を持つから。二人でここから運びだすんだ」

「あたし、気絶《きぜつ》なんてしないから」

それから、ルイジアナは横向きに倒《たお》れこんだ。

「さあ」ベバリーが言ったので、レイミーはルイジアナの手を持った。ベバリーが足を持ちあげ、二人してなかよし動物センターから運びだし、小さなしなびた木の根元にルイジアナを寝《ね》かせた。

ルイジアナの胸《むね》が大きく波打っている。目はとじていた。

「これからどうする?」ベバリーが言った。

レイミーは足の指をギュッとまげた。目をとじ、たったひとつの電球がぶらぶらとゆれるのを思いうかべた。まるで明るくなかった。電球はあのとてつもなく暗い部屋を照らすには小さすぎた。

じっさい、どんな部屋でも、十分に明るく照らせる照明なんてない。

そこで、レイミーは、シルベスターさんのキャンディコーンの入ったびんを思い出した。

クラーク家族保険《ほけん》代理店の窓《まど》からさしこむおそい午後の光に照らされて、びんが光っていた。

「わたしのお父さんの事務所《じむしょ》にルイジアナを連れていけるわ、ここから遠くないの」

35

「なにがあったの?」シルベスターさんが小鳥の声で言った。「どうなっているの、レイミー・クラーク? どうして、あなたたちみんな、びしょぬれなの? 雨でも降《ふ》っていたの?」シルベスターさんはふりむいて、クラーク家族保険《ほけん》代理店の厚《あつ》いガラス窓《まど》ごしに太陽が輝《かがや》いているのを見た。

「あたしたち、この子を芝生《しばふ》の散水スプリンクラーの下に連れていかなくちゃならなかったんです」ベバリーが言い訳《わけ》した。「その、この子が息を吹《ふ》きかえして、歩いてここに来られるようにするためです」

「スプリンクラーの下に連れていくですって? 息を吹きかえすですって?」

「あの人たち、アーチーを捕《つか》まえているの。返してくれないんです」ルイジアナはげんこつをあげてふりまわした。それから言った。「あたし、すわったほうがいいかも」

「アーチーって、この子の猫《ねこ》なんです」レイミーが説明した。「この子、気絶《きぜつ》したんです」

「だれかが、あなたの猫《ねこ》をぬすんだの？」シルベスターさんが聞いた。

「あたし、すぐにすわらないと、本当にだめ」ルイジアナがうめいた。

「もちろんよ、遠慮《えんりょ》なくすわったらいいわ」

ルイジアナは床《ゆか》にへたりこんだ。

「だれがこの子の猫をぬすんだの？」

「話すとややこしくて」レイミーが言った。

「ここって、いいにおいがするわ」ルイジアナがうっとりとした声で言った。

レイミーのお父さんもシルベスターさんもパイプを吸《す》わないのに、事務所《じむしょ》はパイプの煙《けむり》のにおいがした。アラン・クロンダイクさんという保険《ほけん》の営業《えいぎょう》マンで、この事務所を前に持っていた人がパイプを吸っていたのだ。においはなかなか消えずに残っていた。

「レイミー、この子たちは？」

「バトントワリングのレッスンの友達なの」

「すてきじゃない」

「あらまあ。あれってキャンディコーン？」ルイジアナはシルベスターさんの机《つくえ》の上のびんを指さして、言った。

「ええ、ええ、ほしいなら、あげるわよ」

「ちょっとの間、ここで横になります。あとで起きたら、キャンディコーンをいただきます」そう言うと、ルイジアナはゆっくりと姿勢《しせい》をくずして横になった。

「まあ」そう言うと、シルベスターさんは両手をもみ合わせた。「いったいぜんたい、どうしたの?」

「大丈夫《だいじょうぶ》です」ベバリーが言った。「猫《ねこ》のアーチーのことで、まいってるんです。それに、この子、ぜんそく持ちなんです」

シルベスターさんは手入れのゆきとどいた眉毛《まゆげ》を、とても高くつりあげた。電話が鳴った。

「あら」

「どうぞ電話に出てください」ベバリーが言った。

シルベスターさんは、ほっとした顔を見せた。受話器をとると言った。「クラーク家族保険《ほけん》代理店です。なにかお困《こま》りでしょうか?」

太陽が厚《あつ》いガラス窓《まど》ごしに入ってきている。窓にはお父さんの名前――ジム・クラーク――が書かれていて、一文字一文字が、事務所《じむしょ》の床《ゆか》に影《かげ》となってうつっていた。

レイミーは日にあたって色あせたカーペットの上で、ルイジアナのとなりにすわった。頭がくらくらした。自分が気絶《きぜつ》するとは思わなかったけれど、奇妙《きみょう》な感じ、不安な思いに襲《おそ》われた。

「ベバリーもしゃがみこんで、ルイジアナに話しかけた。「起きなよ。起きたらキャンディコーンがもらえるよ」

シルベスターさんは、まだ話し中だ。「クラークはただいま電話に出られませんが、ローレンスさん、わたしのほうできちんと対処《たいしょ》いたします。ところで、ちょうど今、クラーク家族保険《ほけん》代理店では取りこみ中なものですから、明日でも間に合いますでしょうか？　そうです、そうですか。ありがとうございます。はい、ええ、ええ。お電話ありがとうございました」

シルベスターさんは受話器をおいた。

レイミーは目をとじて、十号棟《とう》でぶらぶらとゆれる、たったひとつの電球を思いうかべた。ひどく疲《つか》れた。あまりにもたくさんのことが起こったから。あまりにもたくさんのことが続けて起こるから。

「気分がよくなってきたわ」ルイジアナが起きあがった。「キャンディコーンをもらえますか？」

「もちろんよ」シルベスターさんはびんのふたを開けて、ルイジアナのほうへさしだした。

ルイジアナはキャンディコーンのなかに手をつっこんだ。

「ありがとうございます」ルイジアナはシルベスターさんにお礼を言って、手にいっぱいのキャンディコーンを口に放りこんだ。そして時間をかけてゆっくりかんで、シルベスターさんにほほえみかけた。キャンディコーンを飲みこむと、「養護施設《ようごしせつ》では、キャンディコーンを食べさせてもらえるのでしょうか?」と言った。

「もっとめしあがれ」そう言って、シルベスターさんはびんをもう一度さしだした。

レイミーはあたりを見まわして、ベバリーがお父さんの執務室《しつむしつ》のドアを開け、戸口に立って、中を見ているのに気がついた。

レイミーは立ちあがった。ベバリーのほうへ行き、となりに立った。

「ここが、わたしのお父さんの執務室なの」

「ああ、わかってたよ」ベバリーはお父さんの机《つくえ》の向こうの壁《かべ》にかかっているクララ湖の空中写真を、じっと見ていた。

「あの写真に、クララ・ウィングチップの幽霊《ゆうれい》が見えるでしょ」

「どこに?」

「ほら、ここ」レイミーは執務室《しつむしつ》に入り、写真の湖の右はしにある黒いしみを指さした。途方《とほう》にくれ、待ち続け、事故《じこ》かひょっとしたら自殺しておぼれた人のかたちをしている。

レイミーのお父さんは、レイミーが六歳《さい》のときに、クララ・ウィングチップの幽霊《ゆうれい》を見せてくれた。写真をまぢかに見られるように肩車《かたぐるま》してくれて、レイミーは指先でクララの影《かげ》をなぞった。そのとき以来、長い間、お父さんの執務室へ入るのがこわかった。クララの幽霊がレイミーを待ちぶせしていて、湖へと誘《さそ》いこみ、水中に引きずりこんで、おぼれさせようとしている気がしてこわかった。

「ただの影だよ」ベバリーが言った。「それ以外のなんでもないよ。影っていろんなところにあるからさ。影は幽霊じゃないし」

電話がまた鳴った。「クラーク家族保険《ほけん》代理店です。なにかお困《こま》りでしょうか?」シルベスターさんが答えている。

「電話あった?」ベバリーが聞いた。

「だれから?」レイミーは聞きかえした。

「あんたのお父さん」

「ううん」

ベバリーはゆっくりとうなずいてから、「そうだと思った」と言った。でも、意地悪で言ったのではないのがわかる。レイミーはベバリーのすぐそばに立って、ベバリーの持つ愛らしさと、気の強さとの、ふしぎな組み合わせを感じた。そして色がうすれてきたあざを、よくよく見た。

「だれになぐられたの?」

「ママ」

「どうして?」

「万引きしたんだ」

「どうして?」レイミーはまたたずねた。

「どうしてかっていうと」ベバリーはショートパンツのポケットに手を入れた。「ここから出ていくため。一人暮《ひとりぐ》らしをするんだ。自立ってやつ」

二人の背後《はいご》では、ルイジアナがシルベスターさんに身の上話をしていた。

「両親はおぼれ死んだんです」

「まあ」

「そうなんです」

「わたし、美少女コンテストに申しこまないことにする」レイミーは言った。

「それがいいよ」そう言ってベバリーはうなずいた。「コンテストなんて、みんなくだらないよ」

「もうどうでもいいの」

「そうだよ。あたしも、わざわざ荒《あ》らしにいくなんてこと、たぶんしないと思う。少なくとも、今度の美少女コンテストはね」それからベバリーは小声で言った。「死んだ猫《ねこ》のことは、本当にかわいそうだなあって思ってる」

そのとき、すべてのこと——それまでの全部——が、レイミーの心をよぎるのを感じた。ボーカウスキのおばあさん、アーチー、アリス・ネブリー、巨大《きょだい》な海鳥、フローレンス・ナイチンゲール、スタフォプロス先生、アイダ・ニー先生のところにあった悲しい目つきのヘラジカ、いなくなったお父さん、クララ・ウィングチップの幽霊《ゆうれい》、黄色い小鳥と空《から》になった鳥かご、ダミー人形のエドガー、十号棟《とう》のたったひとつの電球。

教えて、どうしてこの世界は存在《そんざい》しているの？

レイミーは深呼吸《しんこきゅう》をした。できるだけまっすぐに背《せ》すじをのばして立った。クララ・ウィングチップの幽霊を見る。

本当は幽霊《ゆうれい》なんかいない。ただの影《かげ》。

おそらく。

36

シルベスターさんは、三人が出ていくときに、ドアを押《お》さえていてくれた。

「来てくれてありがとう」

「キャンディコーンをごちそうさまでした。おいしかったです」ルイジアナが礼を言った。

アイダ・ニーの家へと歩いてもどるときに、ルイジアナは「雨にぬれても」を続けて二回うたった。三回目をうたおうとしたら、ベバリーがやめろと言った。

「わかったわ。でも、うたうと考えがまとまるの。あたし、たった今、決心したわ」

「なにを決心したの?」レイミーがたずねた。

「あの人たち、あたしからアーチーをかくしてるにちがいないわ。あのドアの向こうにとじこめてるのよ。だから、ここであたしたちがすべきことは、なかよし動物センターに忍《しの》びこんで、ドアの鍵《かぎ》を開けること。それからアーチーを見つけること。きっと見つけられるわ」

「なに言ってるの？」ベバリーが言った。「バカじゃないの？　ついさっきのこと、なんにも覚えてないの？　猫《ねこ》はいなくなったんだよ。なのに忍《しの》びこんで助けるだなんてさ」

「暗くなるまで待ちましょう。それから忍びこんで、アーチー救出！」

「しないよ」ベバリーが反対した。

「するの」

「猫は死んじゃったんだから」とうとうベバリーが言った。

ルイジアナはバトンを落とした。耳に指をつっこんで、小声でうたいだした。

レイミーはかがんで、ルイジアナのバトンを拾いあげた。

「あそこには、もどるつもりはないよ」ベバリーが言った。

ルイジアナは耳から指を出した。「もし勇気ある行動をとることができないんなら、三勇《さんゆう》士《し》って、なんのために存在《そんざい》するの？」

「三勇士なんて存在しないってば。あんたの頭のなかにいるだけ」

「いるったら。**あたしたち**が三勇士でしょ。あたしたちがいるじゃない」

「わたしがいる」レイミーが言った。

「そのとおりだわ」ルイジアナが言う。

「そして、あなたがいる」レイミーはそう言うと、ルイジアナを指さした。「あなただっている」ベバリーを指さした。「そして、わたしたち三人がいっしょにいる」

「そのとおりだわ」ルイジアナはもう一度言った。

「もう」ベバリーは言った。「三人でいるからって、どうだってのさ。猫《ねこ》が死んじゃったという事実にはなんの変わりもないよ」

ベバリーが猫は死んでしまったと主張《しゅちょう》し、ルイジアナは猫を救出しにいくと言いはり、議《ぎ》論《ろん》はそんなふうにしばらく続いた。でも、アイダ・ニーの家の私道のはしまで来たときに、完全に終わった。そこにはベバリーの母親がいて、レイミーの母親も来ていた。ルイジアナのおばあちゃんはいなかった。

そして、家の前までぐるりとまわりこんでいる私道には、パトカーが停《と》まっていた。

「警察《けいさつ》だ」ベバリーが言った。

「やだあ」ルイジアナが言った。

アイダ・ニーは家の前に立って、警官《けいかん》の一人と話していた。新しいバトンを持ち、それをいろんな物をさすために使っていた。車庫のシャッターをさす。勝手口もさす。

「ちがう！」アイダ・ニーはさけんでいた。「なくしたんじゃない。今まで一度だってバトンをなくしたことはないわ。ぬすまれたんです。事務所《じむしょ》のドアはこじ開けられていた。玄関《げんかん》もこじ開けられていたし。わたしは窃盗《せっとう》の被害者《ひがいしゃ》です」

十号棟《とう》、たったひとつの電球、恐《おそ》ろしいうなり声、それに猫殺《ねこごろ》しがあって、これほどひどい一日はないって思っていたのに、アイダ・ニーが出てきて警察《けいさつ》を呼《よ》んでいる。ベバリー・タピンスキがバトンをぬすんだから。

三人とも牢屋《ろうや》行きだ！

レイミーとベバリーとルイジアナの三人は、アイダ・ニーの敷地《しきち》のはしに立っていた。アザレアの茂《しげ》みのすぐわきに。

私道を半分ほど入ったところで、ベバリーの母親が明るい青色の車に体を持たせかけながら、たばこを吸《す》っていた。レイミーの母親は自分の車のなかですわって、まっすぐ前を見つめていた。

「やだあ」ルイジアナがもう一度言った。

「騒《さわ》がないで」ベバリーが注意した。

「騒《さわ》いでなんかいないもん」

「あんたのお父さんの事務所《じむしょ》に、ニー先生のバトンをおいてきちゃったと思う」ベバリーが言った。

「やだぁぁ」ルイジアナが声をあげた。

「うるさい。なにも証明《しょうめい》できっこないよ。あたしたちはバトントワリングのレッスンに来て、先生がいなかったから、帰った。そういうことにしておこう。あたしたちがすべきことはそう言い続けることだよ」

レイミーはぼうっとして、ふるえた。心臓《しんぞう》の鼓動《こどう》が速くなった。魂《たましい》は、もちろん、どこかへ行ってしまった。

ちょうどこのとき、ルイジアナのおばあちゃんがアザレアの茂《しげ》みから腕《うで》を出して、レイミーの足首をつかんだ。

レイミーはキャッとさけんだ。

ルイジアナもキャッとさけんだ。

ベバリーも悲鳴をあげた。

運のいいことに、アイダ・ニーがまだいろいろと指さして、悪事《あくじ》に巻《ま》きこまれたとわめいていたので、だれも三人のさけび声を聞いた者はいなかった。

「おばあちゃん、ここでなにしてるの?」

「なにもこわがることはないよ」ルイジアナのおばあちゃんは、アザレアの茂《しげ》みのなかから小声で言った。レイミーの足首をつかんだままだ。その手の力はおどろくほど強かった。

「こわがらないで」

「わかりました」レイミーは答えた。

「あたしにはいい計画があるんだよ」そう言うと、ルイジアナのおばあちゃんはレイミーの足首をやさしくゆすった。「うまくいくって」

レイミーはルイジアナのおばあちゃんの、ヘアクリップがいっぱいの輝《かがや》く頭を見下ろした。おばあちゃんの髪《かみ》は燃《も》えているみたいだ。

「わかりました」

レイミーはだれかに計画があるとわかっただけで、うれしかった。

37

ルイジアナとレイミーは、クラーク家の車の後部座席《ざせき》にすわっていた。

忌々《いまいま》しいダッジ車《しゃ》から逃《に》げようとしているところだ。

ルイジアナのおばあちゃんによれば、警察《けいさつ》が暴《あば》れまわっているときは、ルイジアナは「エレファンテ邸《てい》から遠く、遠く、はなれている」ほうがいいらしかった。

だから、ルイジアナはレイミーの家で一晩《ひとばん》、泊《と》まることになった。

それがルイジアナのおばあちゃんの計画だった。

そして、真夜中になったら、ベバリー・タピンスキがレイミーの家まで来て、三人で十号棟《とう》に押《お》し入って、死んだ猫《ねこ》を解放《かいほう》することになった。

三勇士《さんゆうし》の計画だ。

ルイジアナのおばあちゃんが帰っていったあとに、急いでまとめあげられた計画だった。

それはまさしく、ボーカウスキのおばあさんが賛成《さんせい》してくれそうな計画だった。おばあさんはきっと笑っただろう。歯を全部見せて笑っただろう。それから言ったにちがいない。

「ふうーっ。うまくいきますように」

「わくわくしない？」ルイジアナが、アイダ・ニーの家から車で走り去るときに言った。

「だれがニー先生のバトンをぬすんだのかしら」

ルイジアナがレイミーのわき腹《ばら》をひじでつついた。

「つまらないことで大騒《おおさわ》ぎするんだから」レイミーのお母さんが言った。「たいしたことじゃないのに。バトンがなくなったくらいで、だれが警察《けいさつ》を呼《よ》ぶかしら？」

「お宅《たく》に泊《と》めていただくなんて、わくわくします。ナイチンゲールさん、夕食はいただけるのでしょうか？」

一瞬《いっしゅん》、沈黙《ちんもく》があった。「だれに話しかけているの？」レイミーのお母さんがたずねた。

「ナイチンゲールさん、あなたに話しかけているのですが」

「わたしはクラークよ」

「あら、知りませんでした。レイミーと同じ姓《せい》だと思っていました」

「わたしの姓だってクラークよ」レイミーが言った。

「そうなの？　あたし、あなたってレイミー・ナイチンゲールだって思ってたわ。ほら、あの本みたいに」

「ちがう、わたしはレイミー・クラークよ」

ルイジアナは、いったいどこからこんな奇妙《きみょう》な考えを思いつくんだろう。レイミー・ナイチンゲールになるってどんな感じだろう？　明るく輝《かがや》かしい道のりを、頭の上にランプをかかげながら歩くって、どんな感じだろう？　「わかったわ。どっちでもいいの。クラークさん、夕食はいただけるのでしょうか？」

「もちろんよ、夕食はありますよ」

「あらまあ。なんですか？」

「スパゲッティよ」

「それとも、ひょっとしてミートローフは？　あたし、ミートローフが大好きなんです」

「そういうことなら、ミートローフを作りましょうか」そう言うと、レイミーの母親はため息をついた。

レイミーは窓《まど》の外を見た。どこかで、お父さんも夕食を食べようとしているだろう。レイミーは、リー・アン・ディカーソンといっしょにレストランのボックス席にすわっているお父さんの姿《すがた》を思いうかべた。お父さんはメニューを持ち、たばこを吸《す》っている。リー・アン・ディカーソンが手をのばし、お父さんの腕《うで》にふれたのが見えた気がした。お父さんのたばこの煙《けむり》がゆれながら天井《てんじょう》まであがる。とつぜんレイミーは理《り》解《かい》した。

お父さんは帰ってこない。

絶対《ぜったい》もどってこない。

「ううっ」レイミーは声をもらした。魂《たましい》はしぼんでしまった。だれかにお腹《なか》をなぐられたみたいな感じだ。

「なにか言った?」ルイジアナが聞いた。

「べつに」

「夕食のあと、いっしょにナイチンゲールの本を声にだして読まない? おばあちゃんは夜になると、いつも本を読んでくれるのよ」

「いいよ」

＊

夕食の間、レイミーの母親は、ルイジアナがミートローフを四切れとサヤマメを平らげるのを、あきれて見ていた。三人は小さなシャンデリアの下にある、ダイニングルームのテーブルにいた。

ルイジアナが話しだした。「うちにもシャンデリアがあります。でも今は、電気の問題があって、つかないんです。明るいっていいですね。このテーブルもいいです。とても大きなテーブルですね」

「そうね、大きいわ」レイミーのお母さんが言った。

「たくさんの人がこのテーブルにすわれますね」

「そのとおりね」

そのあとは、全員だまってしまった。

台所の太陽をかたどった時計がゆっくりと、でもきちょうめんに時をきざんでいるのが聞こえた。

「あなたのお母さんって、料理がとても上手ね」夕食後、レイミーの部屋に入ってドアを閉《し》めると、ルイジアナは言った。「でも、あんまりしゃべらない人みたいね」

「ううん、そんなことないけど」レイミーは天井《てんじょう》のライトを見た。ガがライトのまわりをパタパタと陽気に飛んでいる。

「あなたのお父さんって、ここに住んでたときに、おやすみのキスをしてくれた？」

「ときどきね」レイミーはこれ以上、お父さんのことを考えたくなかった。かがんでおでこにキスしてくれたこと、肩《かた》に手をおいてくれたことなんて、思い出したくなかった。笑いかけてくれたことも思い出したくなかった。

「おばあちゃんはいつだって、おやすみのキスをしてくれるわ。それに、そこにいない人の分もキスしてくれるの。お父さんとお母さんと、おじいちゃんの分まで。あたし、四つのキスをもらうのよ」

ルイジアナはため息をついた。窓《まど》から外を見る。「施設《しせつ》じゃ、だれもおやすみのキスをしてくれないわ。あたしが聞いてるかぎりではね。今からフローレンス・ナイチンゲールの本を声にだして、読みっこしない？」

「いいよ」

「あたしが先に読むわ」ルイジアナは本を取りあげ、真ん中をひらいて、一行読んだ。

「フローレンスはさびしかった」

それから本をとじてしまい、またひらいたかと思うと、三ページにある一行を読んだ。

「フローレンスは助けがほしかった」

そして本をぴしゃりと、とじた。

「最初から読むんじゃないの？」レイミーはおどろいた。

「どうして？　こうやったほうがずっとおもしろいわ」ルイジアナはもう一度本をひらいて、一行読んだ。「フローレンスはランプをかかげた」

窓《まど》の外の世界は暗かった。

「こうやって読むと、つぎになにが起こるか、まったくわからないでしょ。だから、用心することになるわ。おばあちゃんがそう言ってる。この世界、つぎになにが起こるかまったくわからないから、いつでも用心しておくのが大切なんだよって」

38

レイミーは目を覚ました。ベイビー・ベンの目覚まし時計〔イギリスの国会議事堂の大時計ビッグ・ベンを模《も》した小さな時計〕の針《はり》が、暗がりのなかで陽気に光っている。午前一時十四分だった。

もう真夜中すぎだというのに、ベバリー・タピンスキはまだ現《あらわ》れない。

つまり、家を抜《ぬ》けだし、十号棟《とう》へ入りこんで、アーチーを取りかえす計画は実行しない、ということだ。どっちみちアーチーはあそこにいないんだし。

けっきょく、なにも起こらないんだ。レイミーはがっかりした。そしてほっとした。その両方の気持ちだ。

ベッドに横になったまま、時計を見た。時計は、まるでなにか難《むずか》しい問題がとけたかのように、満足げにお高くとまってカチカチいっていた。

レイミーはベッドから起きあがった。常夜灯《じょうやとう》のオレンジ色がかった明かりの下で、床《ゆか》に寝《ね》ているルイジアナが見えた。

『明るく輝《かがや》かしい道のり――フローレンス・ナイチンゲールの一生』の本は、ルイジアナのお腹《なか》の上にひらいたままでのっていた。ルイジアナの手は本の上で組まれ、足はまっすぐに投げだされている。まるで、人生という戦場で倒《たお》れたみたいだ。

「人生という戦場で倒れる」とは、音読していたときに、ルイジアナが言った言葉だ。

「フローレンス・ナイチンゲールは人生という戦場で倒れた人々を助ける。魔《ま》法《ほう》の玉をかかげて、助けを求める人々のところへとやってきて……」

「魔法の玉じゃないと思うよ」レイミーが口をはさんだ。「ランプ。まだ電気のなかった時代に使っていたの」

「知ってるわ」ルイジアナは本を下ろし、レイミーを見つめた。本をふたたび持ちあげると言った。「フローレンス・ナイチンゲールは魔法《まほう》の玉を持って助けを求める人々のところへとやってきて、病気を治した。治った人々はもう、なにも心配しなくなった。失ったものを取りもどしたいと思わなくなった」

レイミーの胸《むね》の奥《おく》で、心臓《しんぞう》が高鳴《たかな》った。

「どこにそんなこと、書いてあるの?」

「あたしの頭のなかにある本に書いてあるの」ルイジアナは頭を軽くたたいた。「ときどき本物の本よりいいことが書いてあるわ。だから、本物の本のなかに書かれている言葉のかわりに、書いてあるといいなと思う言葉を読むことがあるの。ちょうどおばあちゃんがそうするようにね」ルイジアナはひどく真剣《しんけん》な顔をしてレイミーを見上げた。「先を読んでほしい?」

「うん」

「いいわ。そのフローレンス・ナイチンゲールが持っている魔法の玉のなかには、願いと希望と愛がつまっていた。それらは全部、小さいけれど、ものすごく明るかった。数えきれないほどの願い、希望、愛が魔法の玉のなかで動きまわっていて、フローレンスは玉をランプがわりにして、あたりを照らして見ていた。人生という戦場で倒《たお》れた兵士を見ていた。ところが、とても悪い人がフローレンス・ナイチンゲールの魔法《まほう》の玉をぬすもうと決心した。その人物の名前はマーシャ・ジーン。フローレンスは反撃《はんげき》に打って出なくてはならない！ 使ったのがマント。夜になると巨大《きょだい》なつばさに変わるマントで、フローレンスは飛べるようになって、魔法の玉で戦場を照らしながら負傷者《ふしょうしゃ》を探《さが》した。

でも、マーシャ・ジーンが魔法の玉をぬすんじゃったら、フローレンスは暗やみのなかを飛べても、なにも見えないんじゃないの、どうやって負傷者を助けられるの？」

ルイジアナは、本のページをパラパラとめくった。

「もっとあたしに読んでほしい？」

「うん」

レイミーは、ルイジアナが存在《そんざい》しない本を声にだして読んでいる最中《さいちゅう》に眠《ねむ》ってしまった。

そして、道路の真ん中においたビーチチェアに寝《ね》そべっているボーカウスキのおばあさんの夢《ゆめ》を見た。ところが、ふと見ると、おばあさんはいすの上にはいない。立ちあがって、レイミーから遠ざかっていく。長い道をスーツケースを持って歩いていく。

レイミーはあとを追った。

「ボーカウスキのおばあさん！」レイミーは夢《ゆめ》のなかでさけんだ。

おばあさんは立ちどまった。スーツケースを地面に寝《ね》かせると、ゆっくりと開けた。それからなかに手を入れて、黒猫《くろねこ》を引っぱりだして地面の上においた。

「あげるよ」

「アーチー！」レイミーはさけんだ。猫はレイミーの足にすりより、のどを鳴らした。

「そう、アーチーだよ」おばあさんはにっこりとした。それからおばあさんはかがみこみ、スーツケースのなかを、なにやらひっかきまわして探《さが》していた。「もうひとつプレゼントがあるんだよ」おばあさんは立ちあがった。手には光る玉を持っている。

「わあ」

「持ってなさい」おばあさんは玉をレイミーに手わたして、スーツケースのふたを閉《し》め、持ちあげると、行ってしまった。

「待って」

でも、おばあさんはすでに遠くまで行ってしまっていた。

レイミーは魔《ま》法《ほう》の玉をできるだけ高く持ちあげて、ボーカウスキのおばあさんの姿《すがた》が消えるまで見とどけた。

「ニャーォ?」アーチーが鳴いた。

レイミーは猫《ねこ》を見下ろした。ルイジアナがどんなに喜ぶだろう。ルイジアナは正しかった。

アーチーは死んでいなかった。

それは夢《ゆめ》だった。

レイミーは夢を思い出しながら、立ちあがり、眠《ねむ》っているルイジアナを見つめた。ルイジアナの肺《はい》がゼーゼーいっている。ひどく小さく見えた。

とつぜん、なんの前ぶれもなく、ルイジアナが目を開け、まっすぐに起きあがった。フローレンス・ナイチンゲールの本が床《ゆか》に落ちた。「あたし、すぐにするから、おばあちゃん、約束するわ」

「ルイジアナ」レイミーは呼《よ》びかけた。

ルイジアナは目をぱちくりさせた。「こんにちは?」

「こんばんはよ。ベバリーは来なかった」

「どっちみち、あたしたちは行かなくちゃ」ルイジアナはもう一度目をぱちくりさせた。

部屋のなかを見わたす。「あたしたち行って、アーチーを助けないと」

「ベバリーがいないと助けられない。鍵《かぎ》の開け方だって知らないんだから」

ルイジアナのウサギのヘアクリップが全部、頭の一か所によって、大きなかたまりになっている。ウサギのクリップのかたまりは、どこかしら悲しげだった。

「やってみなくちゃわからないわ」ルイジアナは言いはった。

とつぜん、外から光がさしこんできた。レイミーはバカげているとは思ったけれど、フローレンス・ナイチンゲールが、偉大《いだい》な魔法《まほう》の玉を持って到着《とうちゃく》したのではないかと思った。

でも、フローレンスではなかった。

やってきたのはベバリー・タピンスキだった。

ベバリーは窓《まど》のすぐ外に立っていた。あごの下に懐中《かいちゅう》電灯をあてて、顔がハロウィーンのカボチャのランプみたいだった。

ベバリーは笑っていた。

39

「どこにいたの?」レイミーが聞いた。

「そのさ、やっておかなくちゃならないことがあってさ」

「なにを？」ルイジアナが聞いた。

「ちょっとだけ荒《あ》らしてきたんだ」

「うそでしょ」レイミーが小さくさけんだ。

「たいしたことじゃないよ。ただトロフィーをいくつか、湖に投げすてただけ」

「なんのトロフィー？」レイミーが聞いた。

「バトントワリングのトロフィー」

「ニー先生のトロフィーを湖にすてたの？」ルイジアナが聞いた。

「あそこにあるトロフィーは、全部が先生のものってわけじゃないんだ」

「でも、どうしてそんなことができたの？」ルイジアナが、かん高い声をだした。「これで全部おじゃんになっちゃう。先生がまた警察《けいさつ》を呼《よ》ぶわ。あたしたち、もう二度とあの家に行けないのよ。あたし、バトントワリングを習えなくなっちゃった」

「よく聞いて」ベバリーは言った。「あんたはバトントワリングを習う必要なんてないって。うたえばいいんだ。うたったら、どんなコンテストでも優勝《ゆうしょう》するよ」

ベバリーの言葉を聞いたレイミーは、そのとおりだと思った。ルイジアナがうたえば、どんなコンテストでも優勝《ゆうしょう》するだろう。そしてレイミーは、自分ではなくルイジアナに優勝してほしかった。美少女コンテストの優勝者になってほしかった。

レイミーは立ちどまった。体を動かさずじっとする。

「どうしたの?」ルイジアナが聞いた。

「さあ、行こうよ」とベバリー。

レイミーはまた歩きだした。

三人はいっしょに家の外に出ていった。暗がりのなかなのに、おどろくほど前がよく見える。もちろんベバリーの懐中《かいちゅう》電灯のおかげもあった。通りの街灯や玄関先《げんかんさき》のライトもあった。

半月が空にかかっていて、三人の進む歩道は銀色に輝《かがや》いていた。

犬がほえた。

とつぜん、暗がりからゴールデン・グレン老人ホームが、浅瀬《あさせ》に乗りあげた船のように、不気味にぬっと姿《すがた》を現《あらわ》した。

「あのつまんない老人ホーム。あんなとこ、大きらいだ」ベバリーがぶつぶつ言った。

「聞いて」ルイジアナがレイミーの腕《うで》に手をのせた。「しー」

レイミーは立ちどまった。ベバリーは歩き続けている。

「聞こえない?」ルイジアナが言った。

茂《しげ》みでなにかがカサコソいう音、街灯の電気のブーンという音、虫のブンブンという音がレイミーの耳に入ってきた。さっきほえた犬か、べつの犬かわからないけど、犬が二度ほえた。それらの音にまじって、ピアノの音が、かすかに聞こえてきた。

「だれかがピアノを弾《ひ》いてるわ」ルイジアナが言った。

「お祭《まつ》り騒《さわ》ぎだね、でも、だからってなにさ?」先を歩いていたベバリーが言った。

それは美しく悲しいメロディで、レイミーは、ショパンの曲かもしれない、弾いているのは介護士《かいごし》さんかもしれないと思った。イザベルのためによい行いをしようとして、けっきょくは苦情《くじょう》の手紙を書くはめになったことが、ずいぶんと前のことのように思われた。そのときと今とでは、自分はまるでちがった人間だ。

レイミーはゴールデン・グレン老人ホームを見上げた。談話室に明かりがついている。

「行こうよ。時間をむだにしたくないよ」ベバリーがうながした。

「ものすごく美しいメロディじゃない?」ルイジアナが言った。

レイミーはじっと動かず、立ちつくしていた。談話室からの光が、並木《なみき》のてっぺんを照らしている。こずえの合間になにか明るい黄色いものが見えて、レイミーはどきっとした。それからルイジアナの肩《かた》に手をおいた。

「見て」

「なあに？　どこ？」

「あそこを懐中電灯《かいちゅう》で照らしてみて」レイミーはベバリーにたのんだ。ベバリーがレイミーの指さした並木《なみき》の上のほうを照らすと、そこには黄色い小鳥がいた。その小鳥は、すべての疑問《ぎもん》に対する答えのように見えた。ちっぽけで、完璧《かんぺき》で、羽根のある小鳥は、木の枝《えだ》に腰《こし》かけ首をかしげ、三人を見下ろしている。

「まあ」ルイジアナが言った。「あたしが助けだした小鳥よ。まちがいないわ。こんばんは、鳥くん」

ベバリーは、懐中電灯をその黄色い小鳥にむけたままにしていた。ピアノの音がとまったかと思ったら、小鳥がピロピロピロピロと鳴いた。

それからキーッという音がして、窓《まど》が開いた。介護士《かいごし》が窓ぎわに立って、目をこらして暗やみをのぞいている。レイミーは介護士の顔を見た。悲しげな顔だった。なにかを探《さが》している。

ベバリーが懐中電灯のスイッチを切って、言った。「ふせろ！」

三人はうつぶせになった。歩道は昼間の太陽のせいで、まだ温かかった。レイミーは歩道にほおをあてて、待った。ルイジアナの肺《はい》がゼーゼーいうのが聞こえてくる。介護士《かいごし》が口笛を吹《ふ》いた。

小鳥はさえずるのをやめた。

介護士がまた口笛を吹いた。

小鳥はさえずりかえした。

介護士がもっと複雑《ふくざつ》なメロディを口笛で吹くと、小鳥は自分の歌でもって答えた。

「まあ」ルイジアナがため息をもらした。

三人とも、それ以外に言葉がなかった。ベバリーでさえ、介護士と黄色い小鳥がたがいにうたうのをだまって聞いていた。

レイミーは月を見上げた。大きくなったように見えたが、そんなことはありえない。それでも月の半分が、夢《ゆめ》のなかで、ボーカウスキのおばあさんがスーツケースのなかから引っぱりだしたもののように見えはじめた。それから、さえずる黄色い小鳥も、おばあさんの夢のスーツケースにかくされていたかのように思えた。

レイミーは、とつぜん、幸せな気分になった。どこからともなく幸せがやってきて、魂《たましい》がふくらむなんて、こんな奇妙《きみょう》なことったらない。

お父さんは、どこにいるとしても、眠《ねむ》っているだろう。

お父さんは、わたしの夢《ゆめ》を見ようなんて思っていなくても、わたしのことを夢見ているかもしれない。

レイミーはそうであってほしいと願った。

口笛がやんだ。

介護士《かいごし》が呼《よ》びかけた。「そこにいるのは、わかっているんだよ」

枝《えだ》の間でカサコソと音がした。小鳥は暗やみのなかへと羽ばたき、そのまま飛んでいった。

「今だ」ベバリーが小声で言った。

三人は立ちあがり、できるだけ速く走った。

ゴールデン・グレン老人ホームが、はるか後ろになるまで走って、とまった。

ルイジアナが地面にしゃがみこんだ。芝生《しばふ》の上にすわりこむ。手をひざの上におき、下をむいて、必死に大きく息を吸《す》いこもうとしていた。

ベバリーが言った。「ゆっくり、ゆっくり」

ルイジアナは二人を見上げた。「かわいかったわ。あの小鳥。黄色い小鳥」

「わたしもかわいいと思った」レイミーが言った。

ルイジアナはレイミーにほほえみかけた。

ベバリーが懐中電灯《かいちゅう》をあごの下にあてて、「ここにいる三人は、あの小鳥をかわいいと思う」と、低い声で言ってから、ニヤリと笑った。

世界は暗かった。月はまだ空高くにあった。

レイミーは、また、幸せな気分で胸《むね》がいっぱいになった。

40

「アーチーは、こっちがしてほしいことを、いつもしてくれるわけじゃないの」ルイジアナは話しだした。「ううん、本当のことを言うと、たいてい、してほしいことはしてくれないの」

「なんのことをしゃべってるの?」ベバリーが聞いた。

三人はスーパーマーケットのタグ・アンド・バッグの前に来ていた。ショッピングカートが一台、店のある高台から下ったところにある木のそばで、じっとしていた。銀色のカートは、タグ・アンド・バッグの駐車場《ちゅうしゃじょう》の明かりをあびて、楽しげに光っていた。

「このショッピングカートをアーチーの救出に使えばばっちりだって、あたしは言ってるの。これにアーチーを入れてカートを押《お》せば、連れていきたいところ、どこにだって連れていけるでしょ」

「まさか」ベバリーが言った。

「そうするの」ルイジアナが言いはる。

「こんな真夜中にショッピングカート押して歩きまわるなんて、かんべんしてよ。大きな音がしてさ。しかも、まぬけに見えるよ」

「あたしたちには、これが必要なの」ルイジアナはレイミーのほうを見て聞いた。「あなたはどう思うの?」

「べつにいいんじゃない。だれもこのへんにはいないし」

「決まり。つまり、これを持っていくってことね」ルイジアナは木のそばからカートを引きだし、カートを押しながら歩道を下っていった。

ショッピングカートの車輪がひとつゆがんでいて、ガタガタと音がした。まるで必死になにかを訴《うった》えようとしているのに、言葉が出てこないかのようだった。

「二人とも来て」ルイジアナはふりむいて言った。「アーチーを助けにいきましょう」それから前へむきなおり、トレーラーハウス売ります貸《か》します、とうたいだした。

「あの子ったら、あたしたちがしょんぼり歩いてるって思ってるんだよ」ベバリーがレイミーにぶつぶつ言った。

奇妙《きみょう》な暗やみのなか、二人は、うたっているルイジアナと、ガタガタいうカートのあとをついて歩いた。目に見えるものすべてが、幻《まぼろし》みたいに見えた。まるで、暗やみのなかで重力が小さくなるみたいだ。どれも浮《う》いているように見える。レイミーは体が軽くなった気がした。足の指をギュッとまげる。足の指も軽くなった。

「あれが見える?」ベバリーがベルクナップ・タワーを指さした。タワーのいちばん上で、赤い光が点滅《てんめつ》していた。「あそこで、あたしのママが働いてるんだ。レジで小さなスツールに腰《こし》かけて、ベルクナップ・タワーのミニチュアやオレンジの花の香水《こうすい》とかさ、そういうのを売ってる。その店には、一セントのコインを入れると、コインをつぶしてタワーの絵を押《お》したのが出てくるマシンがあるんだけど、このマシンったらものすごい音をだすんだ。ママはこのマシンが大きらいさ。ま、どっちみち、ママはなんでもきらいだけど」

「へえ」レイミーが言った。

「うん、そうなんだ」

ルイジアナがタグ・アンド・バッグのカートを押《お》しながら、三人の先頭を歩いていた。

「キング・オブ・ザ・ロード」〔アメリカのカントリー歌手ロジャー・ミラーの歌〕をうたっていた。

「タワーのいちばん上まで行ったことあるの？」レイミーが聞いた。

「何回もあるよ」ベバリーが答えた。

「どんななの？」

「まああかな。遠くまで見通せるんだ。すごく小さかったときに、ニューヨークが見えるかもしれないって思って、よくあそこへ行ったよ、わかるでしょ。まだちっちゃくて、そのくらいのことしか思いつかなかったんだ。あそこへ行って、遠くをながめて、パパに会えたらいいなあって思ったんだ。バカげたことだったけど」

レイミーは、タイミングよくタワーのてっぺんにいたら、なにが見えただろうと考えた。スタフォプロス先生とエドガーが、ノース・キャロライナへむかうのが見えただろうか？お父さんがリー・アン・ディカーソンと車に乗っているところが、見えただろうか？

「いつか、連れていってあげるよ。行きたかったらだけど」ベバリーが言った。

「うん、お願い」

ルイジアナがうたうのをやめて、二人をふりかえった。

「ついたわ」

目の前に十号棟《とう》があった。

レイミーはこの建物をまた見ることになって、ぜんぜんうれしくなかった。

41

なかよし動物センターは昼間でも恐《おそ》ろしかったのに、夜ともなると、さらにすごみがあった。建物はどこか不機嫌《ふきげん》で、わずかに後ろめたそうだった。まるでなにか恐ろしいことをしたあとに、だれにも気づかれないようにと願いながら、地面にうずくまっているかのようだった。

「ここのドアはわざわざ鍵《かぎ》をかけたりしてないと思うな」ベバリーは言った。「そもそも、だれがここに入ろうなんて思う?」

「あたしたちよ」ルイジアナが言った。「三勇士《さんゆうし》のあたしたちよ。急いで。アーチーがなかにいるんだから。あたしたちを待ってるわ」

ベバリーが、ふふんと鼻先で笑った。でも、ポケットからナイフを取りだすと、ドアに近づいて言った。「このドアはおちゃのこさいさいだよ」

確《たし》かに。

ベバリーが鍵穴《かぎあな》にナイフを入れて軽くゆらしたかと思うと、十号棟《とう》のドアがいきおいよく開いた。ドアの向こうから、暗やみが雲のようにひろがった。十号棟は昼間でも暗かったけれど、夜だとどれくらい暗いのだろう? ぶらぶらとゆれていた電球の光すらなかった。

「無理」レイミーが言った。

「どういうこと?」ルイジアナが聞いた。

「わたし、ここで待ってる」

ベバリーは懐中《かいちゅう》電灯を大きな洞穴《ほらあな》にむけた。

「あそこのドアを照らして」ルイジアナが言った。「アーチーがあのドアの向こうにいるってわかるの」

「わかってる。前にも言ってたじゃない」ベバリーがレイミーのほうをふりむいた。「ここで、待ってたらいいよ。大丈夫《だいじょうぶ》」

「だめよ。あたしたち全員で行くの。三勇士《さんゆうし》なんだから。そうじゃなきゃ、だれも行かないか」

「わかった」レイミーは答えた。仲間が行くところへ行かないと。できることなら、二人を守らないと。二人がわたしを守ってくれているように。

三人は十号棟《とう》へと足を踏《ふ》みいれた。

ベバリーの懐中《かいちゅう》電灯の光線が暗やみのなかでゆれ動いたあと、とまった。ひどいにおいが立ちこめていた。アンモニアのにおいだ。なにか腐《くさ》っているにおい。ベバリーはべつのドアを懐中電灯で照らした。

そのとき、中で身の毛がよだつような、うなり声がはじまった。

だれかが死にかけている！　すべての希望をあきらめかけて、言葉にするのも恐《おそ》ろしい絶《ぜつ》望《ぼう》にさいなまれている！

「わたしの手をにぎって」レイミーがささやいた。

42

ルイジアナがレイミーの手をにぎった。

レイミーはベバリーの手をにぎった。

懐中電灯《かいちゅう》の光線は、部屋のあちこちをいきおいよく照らしだした。天井《てんじょう》、金属製《きんぞくせい》の机《つくえ》、書類整理棚《しょるいせいりだな》。一瞬《いっしゅん》、スイッチの切れているたったひとつの電球も照らされて、バカみたいだけど、レイミーはその電球に腹《はら》がたった。

この電球ったら、なんで照らそうとしないの？

「あらまあ、だめ、だめ」ルイジアナが言った。息が荒《あら》い。ゼーゼーいいながら深呼吸《しんこきゅう》をすると、さけんだ。「アーチー、来たわよ！」

うなり声はまだ続いていた。

「開けてくれる？」ルイジアナはたのんだ。歯をガタガタいわせている。「このドアを開けてくれる？」

「もちろん」ベバリーが答えた。三人はたがいに手をにぎりしめて、ドアのほうへと、いっしょに移動《いどう》した。

「あたしの手をはなしてくれないと。そうしないと鍵《かぎ》を開けられないからさ」ベバリーがレイミーに言った。

「わかった」レイミーはまだベバリーの手をきつくにぎっている。

「ほら」ベバリーが言った。「懐中《かいちゅう》電灯を持っててくれない？」レイミーはベバリーの手をはなすと、懐中電灯を受けとった。

「ドアノブを照らして。いい？」

レイミーが懐中電灯でドアを照らすと、ルイジアナが進みでて、ノブをまわした。

鍵はかかっていなかった。ドアがゆっくりと開く。うなり声がさらに大きくなった。

「アーチー？」ルイジアナが呼《よ》んだ。

ベバリーが深呼吸《しんこきゅう》をした。「懐中電灯、貸《か》して」そう言ってレイミーから懐中電灯を受けとると、ケージでいっぱいの部屋を照らしだした。小さなケージと大きなケージがならんでいた。小さなケージは積みあげられ、大きなケージはまるで囚人《しゅうじん》を入れる檻《おり》のようだったが、すべて空《から》だった。猫《ねこ》はどこにも見えなかった。

恐《おそ》ろしい部屋だった。

レイミーは、この部屋を見なければよかったのにと願った。きっと忘《わす》れられないから。

「アーチー！」ルイジアナが大声で呼《よ》んだ。

ベバリーがさらに部屋の奥《おく》へ入っていった。

「全部、空《から》っぽ。なにもいない」レイミーは言った。

「じゃあ、このうなり声はなんなの？」ベバリーが言った。

「ああ、アーチー。ごめんね」ルイジアナが小声で言った。

ベバリーは、懐中《かいちゅう》電灯をふりまわし、あちらこちらに大きな光の輪をつくりながら、部屋のなかを歩きまわった。

そして、二人を呼んだ。「いた、いた」

43

それはアーチーではなかった。

猫《ねこ》ですらなかった。

犬だった。あるいは、ある時点までは犬だったのかもしれない。その犬は耳が長く、床《ゆか》にまでとどいていた。体は小さくて、ぐったりのびていた。片方《かたほう》の目がかさぶたでおおわれ、はれてとじていた。

「まあ、ウサギじゃないかしら」ルイジアナが言った。

「犬だよ」ベバリーが答えた。

その犬はしっぽをふった。

ベバリーはケージの柵《さく》ごしに手を入れた。犬の頭をなでる。「大丈夫《だいじょうぶ》だよ。もう大丈夫だよ」犬はさらにしっぽをふった。けれども、ベバリーが手を引っこめると、犬はしっぽをふるのをやめ、またうなり声をあげた。

レイミーの足の毛が逆立《さかだ》った。足の指が、ひとりでに、ギュッとまがる。

「そうだね、大丈夫だよ」ベバリーはそう言うと、ケージの掛《か》け金《がね》を持ちあげ、とびらを開けた。犬はうなるのをやめて、三人のほうへと出てくると、しっぽをふった。いいほうの目で三人を見上げると、またしっぽをふった。

ルイジアナがひざまずいた。犬を手でくるむ。「この子を、これからウサちゃんて呼《よ》ぶわ」

「それって、今まで聞いたなかで、いちばんバカな名前だ」ベバリーは言った。

「とにかく行こう」レイミーが言った。

ルイジアナが犬を抱《だ》いた。ベバリーが三人の先頭に立って懐中電灯《かいちゅう》で先を照らし、十号棟《とう》の恐《おそ》ろしい暗やみから、夜のいつもの暗やみのなかへと出た。

月がまだ空にかかっていた。いや、月の半分だけだ。こんなことが起こったあとで、まだ月が輝《かがや》いているなんて、レイミーにとってはありえないことのように思えた。でも確《たし》かに月は空高く輝いていた。

レイミーは縁石《えんせき》に腰《こし》かけた。ルイジアナが横にすわった。犬はひどく、くさかった。レイミーは手をのばし、犬の頭をさわった。いくつもこぶができていた。

「アーチーは死んでなんかいないわ」ルイジアナが言った。

「お願いだから、だまってよ」ベバリーが怒《おこ》った。

「死んでないわ。でも、行方《ゆくえ》不明で、どうやって見つけたらいいのかわからない」

「わかったよ、行方不明ね。今ここですべきことは、ここからはなれることだよ」

「あたし、これ以上歩けないわ。悲しすぎて歩けない」

「じゃあ、カートに乗れば」とベバリー。「カートを押《お》していってあげるよ」

「ウサちゃんはどうするの？」

「もう、いっしょに乗せてったらいいよ」

ルイジアナは立ちあがった。

「ほら」レイミーが言った。「犬をこっちにわたして」

ルイジアナは犬をレイミーにわたし、ベバリーはルイジアナを持ちあげて、カートに乗せた。

「あんまり乗り心地《ごこち》がよくないわ」

「だれが乗り心地がいいなんて、言った？」ベバリーが言った。

「だれも。本当に悲しいわ。心が空《から》っぽになっちゃった」

「わかる」レイミーが言って、犬をルイジアナにわたした。ルイジアナは犬を抱《だ》きよせた。

「アーチーはどこにいるのかしら。それに、あたしたちって、いったいどうなるのかしら。

ねえ、あたしたち、どうなるのかって思わない？」

レイミーもベバリーも、質問《しつもん》には答えなかった。

44

ベバリーがカートを押《お》して、レイミーはその横を歩いていた。

レイミーが話しだした。「今、ベルクナップ・タワーにみんなでのぼれたらいいな」

「どうして?」ベバリーが聞いた。

「できるなら、見るだけでいい、わからないけど、いろんな物を見てみたい」

「でも、今は暗いから、あまり見えないと思うけど。おまけにあそこは鍵《かぎ》がかかってるし。エレベーターだって使うには鍵がいるんだよ」

「あなただったら簡単《かんたん》でしょ。侵入《しんにゅう》して、鍵を見つけるの」

「どこにだって侵入できるよ。だからってなに? あそこまでのぼるなんて意味ないよ」

「のぼるって、どこに?」ルイジアナが聞いた。

「ベルクナップ・タワーのてっぺん」レイミーが答えた。

「うーん、あたし、高いところは苦手なの」ルイジアナはカートのなかで立ちあがり、二人のほうへと顔をむけた。「両親はあたしにがっかりしただろうと思うの。だって、空飛ぶエレファンテの優秀《ゆうしゅう》な一員にはなれないから」

「そう、もうその話はやめなよ。落ちる前にちゃんとすわって」ベバリーが言った。

ルイジアナはすわり、また犬を両手で抱《だ》きしめた。

ショッピングカートのゆがんだ車輪がガタガタと鳴り、坂道をのぼりだすと動かなくなった。それでレイミーとベバリーは、二人でカートを押《お》した。カートのなかで、ルイジアナは無言だった。

もうすぐ高台の頂上《ちょうじょう》だ。レイミーは高台の向こう側を下ったところに、なにがあるのか知っていた。それはメイベル・スウィップ記念病院で、そのとなりはシルベスターさんが白鳥にえさをやりにいくスウィップ池だった。

スウィップ池は、本当は池ではない。もともと池ではなくて、最初はくぼ地だった。それが今では、スウィップ池と呼《よ》ばれている。メイベル・スウィップという土地の所有者が、このくぼ地を市に寄付《きふ》し、それから白鳥を買って放し、まわりに街灯を立て、優雅《ゆうが》に見せたからだ。

高台の上から見ると、池はレイミーを見つめるひとつの暗い目のようだった。街灯は全部で五基《き》あって、五つの月となって池のまわりを厳粛《げんしゅく》に囲んでいた。白鳥は一羽《わ》も見えなかった。

とつぜんレイミーは、ひどく、どうしようもなく、さびしくなった。公衆《こうしゅう》電話を見つけて、シルベスターさんに電話をかけ、「クラーク家族保険《ほけん》代理店です。なにかお困《こま》りでしょうか？」という声を聞けたらいいのにと思った。

でも、たとえ公衆電話を見つけても、シルベスターさんは事務所《じむしょ》にいるはずがない。真夜中だったから。クラーク家族保険代理店は閉《し》まっている。

レイミーは足の指をギュッとまげようとした。

ルイジアナがまた立ちあがった。胸《むね》に犬を抱《だ》きしめている。ルイジアナは前をむいて言った。「もっと速く」

「まじ？」ベバリーが怒《おこ》った。「いったい何様になったつもり？　女王様かなにか？　こんなにがんばって押《お》してるんだよ。このショッピングカート、どうしようもない。だいたい車輪が車輪じゃないんだから。丸じゃなくて四角いんじゃないの」

レイミーとベバリーは、いっしょにカートを押した。

最後のひと押し。

そして、どういうわけか——どうして、こんなことになったのか？　レイミーにはわからなかった。カートが二人の手をはなれて行ってしまった。レイミーとベバリーが手をはなしたわけではなかった。まったくそうじゃない。高台が二人からカートをむしり取ったと言ってもいい。カートを押《お》していたと思ったのに、つぎの瞬《しゅん》間《かん》には、タグ・アンド・バッグのショッピングカートは、二人の手をはなれて坂を走っていってしまった。

ルイジアナはふりむき、犬を胸《むね》に抱《かか》えたまま、ベバリーとレイミーを見た。「あらまあ。さようなら」

それからカートとルイジアナと犬は、高台を大きな音をたてて下り、信じがたいスピードで、元はくぼ地だった池をめざして行ってしまった。

「待って」ベバリーが言った。「待ってったら」

レイミーとベバリーは走りだした。でもカートはガタガタいったり、つっかえたりするのをもうやめてしまった。カートは行動を起こそうとしていた。ゆがんだ車輪でも、二人より速かった。カートは固く決心をしていた。

はるか遠くから、ルイジアナの声とは思えないけれど、やっぱりルイジアナの声が聞こえてきた。そのさけび声は不気味で、あきらめきった幽霊《ゆうれい》の声だった。そしてその幽霊の声がこう言った。「あたし、泳げないの」

犬が、世界の終わりを告げる悲惨《ひさん》なうなり声をあげた。

レイミーはもっと速く走った。心臓《しんぞう》と魂《たましい》を感じる。心臓がはげしく鼓動《こどう》し、魂は心臓のすぐそばにあった。いや、そうじゃない。魂が全身になったみたいだ。レイミーは魂そのものだった。

そして、暗やみのどこかから、レイミーはボーカウスキのおばあさんの声を聞いた。「走れ、走れ、走れ」

45

レイミーは走った。

ベバリーがレイミーの先を走っていた。

ショッピングカートが見える。ルイジアナのウサギのヘアクリップが見える。クリップは、レイミーにウィンクするようにきらめいた。犬の妙《みょう》に長い耳が、風で後ろになびいている。まるでつばさのようだ。

それからレイミーは白鳥を見た。白鳥は池のはしに立っていた。自分のほうにむかってやってくるものを見ていて、ちっともうれしそうではなかった。シルベスターさんが白鳥はひどく気むずかしいと、いつも言っていた。

「だめぇぇぇぇぇ!」ルイジアナが悲鳴をあげた。

レイミーは、タグ・アンド・バッグのカートが、まるで地面から完全にはなれようとしているかのように、宙《ちゅう》に舞《ま》いあがるのを見た。それから、カートはおどろくほど小さなしぶきをあげて、スウィップ池に飛びこんだ。

白鳥が思いきりつばさをひろげる。不平、いや警告《けいこく》ともとれる声をあげた。

べバリーが池のはしに着いた。レイミーはまだ走っていて、べバリーの後ろのほうにいた。

そしてレイミーは、これが人生最後となるボーカウスキのおばあさんの声を聞いた。

おばあさんは「教えて、どうしてこの世界は存在《そんざい》しているの?」とは、言わなかった。

「ふうーっ」とも言わなかった。

ボーカウスキのおばあさんはこう言った。「レイミー。今よ。あんたならできるよ」

レイミーは走り続け、立ちつくして池を見つめているベバリーを追いこした。それから深《しん》呼吸《こきゅう》をして、池に飛びこんだ。頭まで水に包まれたけれど、レイミーは暗やみのなかに全力でもぐっていった。

スタフォプロス先生から教わったとおりに、レイミーは足の指をギュッとまげる。

レイミーは目を開けた。

手をのばし、暗い水のなかに分け入っていく。

46

犬は泳げることがわかった。レイミーが息つぎをしに水面に顔を出したときに、犬は足をバタバタさせて、レイミーの横を泳いでいった。長い耳が、片目《かため》の頭の両わきで漂《ただよ》っていた。半分魚で半分犬の、神話に出てくる海の怪獣《かいじゅう》のようだった。

レイミーは深呼吸をして、もう一度水のなかへもぐっていった。タグ・アンド・バッグのショッピングカートを見つけた。横向きになって、ゆっくりと池の底へと落ちていく。レイミーはカートをつかんだ。カートは冷たくて重かった。そして空《から》っぽだった。

レイミーはカートから手をはなした。また水面に顔を出して、大きく深呼吸《しんこきゅう》する。ベバリーが犬を水から引きあげているのが、目に入った。白鳥がベバリーのそばに立っている。首をのばし、それからさげ、またのばし、さげている。まるで声明を発表する前に、勇気を奮《ふる》いたたせているかのようだ。

ベバリーが聞いた。「ルイジアナはどこ？」

レイミーは答えなかった。水中にもどっていった。暗い水中で目を開けると、またキラッと光るショッピングカートが見えた。それから光るウサギのクリップ、ルイジアナ・エレファンテの頭についているヘアクリップが目に入ってきた。

レイミーはルイジアナのほうへと泳いでいき、ルイジアナをつかんで引きよせた。

レイミーはダミー人形のエドガーを何回も、何回も救った。人命救助が得意だったのだ。スタフォプロス先生は、レイミーを上手だと言ってほめてくれた。

でも、ルイジアナはエドガーとはちがった。どことなく重く、でも軽くもあった。

レイミーはルイジアナをしっかりと抱《だ》きかかえた。水をけって、水面にむかって泳いだ。いっしょに浮《う》きあがったときに、レイミーは、人命救助が世界でいちばん簡単《かんたん》なことだと思った。そしてはじめて、フローレンス・ナイチンゲールと、ランプと、明るく輝《かがや》かしい道のりの意味がわかった。どうしてエドワード・オプション先生がこの本をすすめてくれたのかわかった。

一瞬《いっしゅん》にして、レイミーは世界中のすべてを理解《りかい》した。

クララ・ウィングチップがおぼれたときに、その場にいたかった。きっと助けることができただろうに。

わたしはレイミー・ナイチンゲール。救助にやってきたレイミー・ナイチンゲール。

47

ルイジアナは息をしていなかった。

そしてベバリーはと言えば、声をあげて泣いていた。ルイジアナが息をしていないのと同じくらいに、恐《おそ》ろしいことだった。

そして、白鳥は頭がもげそうなくらいに、首をのばそうとしている。前かがみになり、三人を見てシューと鳴いた。

犬はルイジアナの頭のまわりをクンクンとかぎ、ヘアクリップに鼻先をつけて、低いうめき声をあげた。

ルイジアナは、池――じつはただのくぼ地――のわきの草地に、ぐったりと横たわっていた。三人を囲むように立つ街灯が、三人を見下ろして、待っていた。

レイミーは、ルイジアナの体をうつぶせにし、頭を横向きにする。背中《せなか》を両手のこぶしでたたく。スタフォプロス先生が教えてくれた、おぼれている人の救助の仕方、肺《はい》に入りこんだ水の出し方。レイミーは先生が教えてくれたすべきこと、ひとつひとつを実行した。すべてを覚えていた。正しい順序《じゅんじょ》を覚えていた。

「なにしてるの？　なにしてるの？」ベバリーが怒鳴《どな》った。

犬が悲しげに鳴いた。白鳥がシューと鳴いた。黄色い街灯の光があたりを照らしている。

「**なにしてるの？**」ベバリーがたずねた。まだ泣いている。

レイミーはルイジアナの背中をたたいた。ルイジアナの口から、大量の水と、少しの水草がものすごいいきおいで出てきた。それからは、水、水、水、そして水草が出てきた。そしてようやく、ルイジアナの、かすれてはいるけれど希望が持てる声がした。「あらまあ」

レイミーのなかで、魂《たましい》がものすごく大きくなった。ルイジアナ・エレファンテ、ベバリー・タピンスキ、シューシュー鳴いている白鳥、悲しげに鳴く犬、暗い池、黄色い街灯の光に、強い愛を感じた。そのなかでもとりわけ、ダミー人形のエドガーを連れてノース・キャロライナへと行ってしまった、足の指に毛がはえて背中《せなか》にも毛がはえていたスタフォプロス先生への愛を感じた。先生はわたしの頭に手をのせて、さようならと言ってくれた。行ってしまう前に、今まさにしたことのやり方、ルイジアナ・エレファンテを救助する方法を、わたしに教えてくれた。

「病院へ行こう」ベバリーが言った。

二人はいっしょになってルイジアナを持ちあげ、歩きだした。ルイジアナを運ぶことにかけては、だれにもひけをとらなくなっていた。

犬は三人のあとをついてきた。白鳥はその場にとどまった。

ルイジアナが言った。「あたし、泳げないの」

「うん、知ってるよ」ベバリーが言った。まだ泣いていたベバリーが。

48

病院の玄関《げんかん》の前に、一人の看護師《かんごし》が立っていた。たばこを吸《す》っている。右手でたばこを持った左腕《ひだりうで》のひじを支《ささ》え、三人と一匹《ぴき》がやってくるのをじっと見ていた。

「おやおや」看護師はゆっくりと、たばこを持った手をおろした。胸《むね》に名札をつけていて、〈マーセリン〉とあった。

「この子、おぼれたんです」ベバリーが言った。

「おぼれてはいません。おぼれかけたんです。水を飲みこみました」レイミーが訂正《ていせい》した。

「あたし、ぜんそく持ちなんです。それに、泳げないんです」ルイジアナが言った。

「こっちへいらっしゃい」マーセリンはたばこをすてると、ルイジアナを二人から引きとり、自動ドアの向こう側へと連れていった。

ベバリーは縁石《えんせき》の上にすわった。犬を両手で抱《だ》きしめ、首のあたりに顔をうずめている。

「行ってて。あたしはここで少し休んでる」

「わかった」レイミーはドアを抜《ぬ》けてなかに入り、受付にいる看護師《かんごし》のところまで行って、お母さんに電話をかけたいとたのんだ。この看護師は〈ルーシー〉と書かれた名札をつけていた。レイミーは名札ってすばらしいと思った。世界中の人が名札をつけたらいい。

「まあ、どうしたの！」ルーシーがおどろいて言った。「ずぶぬれじゃないの」

「池に飛びこんだんです」

「朝の五時よ。朝の五時に池でなにをしていたの？」

「ちょっと、ややこしいんですけど……」レイミーは言った。「アーチーという名の猫《ねこ》のことなんです。その猫はなかよし動物センターに連れていかれて……」

「それでどうしたの？」

レイミーはどう説明したらいいか、考えた。どこから話をはじめたらいいかすらわからずにいる自分に気がついた。とつぜん、寒気《さむけ》がした。ふるえだした。

「中央フロリダ・タイヤ社主催《しゅさい》の美少女コンテストのこと、聞いたことはありますか？」レイミーは聞いた。

「え、なに？」

レイミーの歯がカチカチと鳴りだした。両ひざにふるえがくる。ひどく寒かった。「わたし……」レイミーはまた口をひらいた。そうして、とつぜん、ルーシーになにを話すべきかはっきりとわかった。「お父さんが、家を出ていったの。リー・アン・ディカーソンていう歯科衛生士《えいせいし》とかけおちして。お父さんはもどってこない」

「なんてやつなの」ルーシーは立ちあがり、机《つくえ》の後ろから出てきた。ゴールデン・グレン老人ホームのマーサが着ていたのと似たような青いセーターを脱《ぬ》いで、レイミーの両肩《りょうかた》にかけてくれた。

その青いセーターはバラのようなにおいがしたが、バラよりもっと深く、甘《あま》い香《かお》りがした。とても暖《あたた》かかった。

レイミーは泣きだした。

「落ち着いてね」ルーシーはやさしく言った。「あなたのママの電話番号を教えてくれる？電話してあげるから」

レイミーのお母さんが電話口に出ると、ルーシーは話しだした。「あ、どうも、おはようございます。心配はいりませんが、お宅《たく》のおじょうさんが病院に来てます。池で泳いだのでずぶぬれな以外、大丈夫《だいじょうぶ》です。また、おじょうさんからお聞きしましたが、お父さんがリー・アンとかいう女とかけおちしたそうですね」ルーシーは電話の向こうの声に聞き入った。

「そうですか、そうですか」と相づちを打ちながら、ルーシーはさらに話を聞いた。

「そうそう、どうしようもない人間もいますよ。ほかになんて言ったらいいのかしら」

ガラスのドアごしに、ベバリーが縁石《えんせき》にすわっているのが見えた。犬を抱《だ》いている。ベバリーと犬の頭上の空が明るくなってきていた。

これから太陽がのぼってくる。

「わたしに説明なさらなくてもいいんですよ」ルーシーはまだレイミーのお母さんの話を聞いている。「おっしゃることはよくわかります、なにもかもね。とにかく、おじょうさんがここに無事でいて、お母さんを待っています」

49

それからは早かった。大人たちがやってきた。レイミーの母親は到着《とうちゃく》すると、レイミーをぎゅっと抱きしめ、何度も体をゆすった。ベバリーの母親は姿《すがた》を現《あらわ》すと、犬をはさんで縁石のベバリーのとなりにすわった。ずいぶんと時間がたってから、ルイジアナのおばあちゃんもやってきた。毛皮のコートをはおり、ベッドのわきにすわると、ルイジアナの手をにぎり、まったく声を立てずに泣いた。

レイミーは、なにが起こったか、どうやってショッピングカートが池に飛びこんだか、そしてルイジアナが泳げなかったからレイミーが水のなかから引きあげて、背中《せなか》をドンドンたたいたこと、それはスタフォプロス先生のライフセービング基礎講座《きそこうざ》のおかげだということを、くりかえし話した。

「リスター・プレス新聞」の記者もやってきた。レイミーは記者に、エレファンテ(Elefante)のつづりを教えてあげた。スタフォプロス(Staphopoulos)のつづりも教えた。そして、自分の名字のクラーク(Clarke)は最後にeをつけるのだと教えた。記者はレイミーの写真を撮《と》っていった。

そうこうしている間、ルイジアナは病院の白いベッドの上で、だまって眠《ねむ》っていた。高熱を出していた。

でも、じきによくなる。みんながルイジアナはよくなると言い続けていた。

「この子には睡眠《すいみん》が必要です。みなさん、質問攻《しつもんぜ》めにするのはいいかげんにやめて、この子を家に帰して寝《ね》かせてください」ルーシーはレイミーのことを気づかって言った。

でもレイミーは家に帰りたくなかった。ルイジアナのそばにいたかった。それで、ルーシーがルイジアナの病室に簡易《かんい》ベッドを持ってきてくれた。レイミーはそのベッドで横になると、すぐに眠《ねむ》りこんでしまった。

レイミーが目を覚ましたとき、ルイジアナはまだ眠っていた。ルイジアナのおばあちゃんは毛皮のコートを着たまま、ルイジアナの手をにぎったままで、やはり眠っていた。部屋の外の廊下《ろうか》は、ゴールデン・グレン老人ホームの談話室のように、午後の光のなかで輝《かがや》いていた。

レイミーは起きあがり、病室の入口に立って、明るく輝く廊下をながめた。

猫《ねこ》がこちらのほうへと歩いてくる。

レイミーは立ちつくし、目を見ひらいた。猫はどんどん近づいてくる。夢《ゆめ》のなかで見た、あの猫だった。ボーカウスキのおばあさんのスーツケースから出てきた、あの猫だ。

アーチー。

その猫はレイミーの足をかすって、ルイジアナの病室へと入っていった。それからルイジアナのベッドに飛びのり、丸くなった。

レイミーは簡易ベッドへともどり、横になった。また眠りに落ちる。目が覚めたときには、夕暮《ゆうぐ》れだったけれど、アーチーはまだルイジアナの足元で丸くなっていた。のどを大きく鳴らして、病院のベッドがゆれるほどだ。

アーチー、猫《ねこ》の王様。おかえりなさい。

ルイジアナの熱は、夜になってさがった。ベッドの上で起きあがって、言った。「あらまあ。お腹《なか》がすいたわ」声がしゃがれている。

そして、ルイジアナは自分の足元を見て、猫に気がついた。

「アーチー」まるでおどろいていない。前かがみになり、腕《うで》のなかにアーチーを引きよせた。部屋を見わたす。「おばあちゃんがいる」ベッドのわきにあるいすで眠《ねむ》っているおばあちゃんを見た。それからレイミーのほうをむいて、言った。「レイミー・ナイチンゲール。あなたもいてくれたのね」

「ここにいるわ」レイミーは言った。

「ベバリーはどこ?」

「家に帰った。ウサちゃんのめんどうを見てる」

「ウサちゃん」ルイジアナはおどろきのこもった声で言った。「あたしたち、ウサちゃんを救ったのよね。どうやって助けたか覚えてる?」

ルーシーが病室に入ってきて、言った。「なんでまた、ここに猫《ねこ》がいるの?」

「アーチーがあたしを見つけてくれたの。あたし、一度はこの子をなくしたし、アーチーもあたしをなくしたの。あたしたちでこの子を探《さが》しにいって、この子があたしを見つけたの」

レイミーが目をとじると、ボーカウスキのおばあさんがスーツケースを開け、アーチーを出すのが見えた。「これって奇《き》跡《せき》かもしれない」レイミーが言った。

「奇跡なんかじゃないわ」ルーシーが言った。「ただの猫じゃないの。猫っていつもそんなことをするのよ」

50

病院ではもうひとつのできごとが起きた。ナース・ステーションの電話が鳴り、レイミーが呼《よ》び出された。

ルーシーが病室へ来て、言った。「レイミー・クラーク、だれかがあなたに電話してきたわよ」

レイミーは電話に出ようと廊下《ろうか》を行った。まだルーシーのセーターを着ていた。セーターはレイミーのひざまでとどいている。

「もしもし？」

ルーシーは、レイミーのすぐ横に立っていた。レイミーの肩《かた》に手をおいている。

「レイミーかい？」電話の向こうから声がした。

「お父さん」

「おまえの写真を見たんだ。新聞にのっててね。それで……大丈夫《だいじょうぶ》か知りたくなって……」

レイミーはどう答えたらいいのか、わからなかった。受話器を耳に押《お》しつけたまま、立ちつくしていた。たがいに無言のままだった。貝殻《かいがら》のなかの海の音に耳をすましているのに、まったく聞こえないのと似《に》ている。

そんな感じだった。

しばらくして、ルーシーがレイミーの手から受話器をとり、受話器にむかって言いはなった。「この子は疲《つか》れてるんです。おぼれてる人を助けたんですからね。言ってることがわかる？　この子は人の命を助けたんですよ」

それだけ言うと、ルーシーは電話を切った。

「クズだね。それ以外のなんでもないわ」

ルーシーはレイミーの肩《かた》に手をおいた。そしてルイジアナの病室まで連れていく。レイミーは簡易《かんい》ベッドに乗り、また眠《ねむ》りについた。

目を覚ましたときに、レイミーは電話が夢《ゆめ》ではなかったかと思った。

覚えていたことと言えば、受話器をなにも言わずにずっとにぎりしめていたことぐらいだ。お父さんはなにも言わなかったし、自分もなにも言わなかった。

それから、肩におかれたルーシーの手のことも思い出した。ルーシーは、レイミーを病室まで連れてきてくれた。ルイジアナが生きて息を吸《す》っていて、足元では猫《ねこ》が丸くなって寝《ね》ている病室へと。

51

ルイジアナは、中央フロリダ・タイヤ社主催《しゅさい》の美少女コンテストに出た。幸運のウサギのヘアクリップをつけ、銀色のスパンコールがちりばめられた青いワンピースを着ていた。バトントワリングはせず、「雨にぬれても」をうたった。

コンテストはフィンチ公会堂で開催《かいさい》された。ルイジアナのおばあちゃんが観《み》にきていたし、ベバリーやベバリーの母親、レイミーの母親も来ていた。そしてレイミーも。アイダ・ニーも来ていたけれど、うれしそうではなかった。ルーシーも病院から来てくれていた。ジム・クラーク家族保険《ほけん》代理店のシルベスターさんも来てくれた。みんなでいっしょにすわった。

レイミーの父親の姿《すがた》はなかった。

ルイジアナがコンテストで優勝《ゆうしょう》し、中央フロリダ・タイヤ社美少女の冠《かんむり》をかぶった姿を見ても、レイミーはおどろかなかった。ただうれしかった。

ルイジアナが一九七五ドルの小切手を手わたされ、〈一九七五年度優勝美少女〉と書かれたたすきを肩《かた》からかけられたあとで、ベバリー・タピンスキ、レイミー・クラーク、ルイジアナ・エレファンテの三人は、ルイジアナが高いところは苦手なのにもかかわらず、ベルクナップ・タワーの展望台《てんぼうだい》へとむかった。

「高いところは、こわいの」冠《かんむり》をかぶり、たすきをかけたままのルイジアナが言った。目をとじたままで、展望台《てんぼうだい》の床《ゆか》にしゃがみこんでしまった。

レイミーとベバリーは、手すりのところに立って外をながめた。

「いいでしょ？」ベバリーがレイミーに言った。

「うん」

「なにが見えるのか教えて」まだ下をむいて、立ちあがろうとしないルイジアナが言った。

「全部」レイミーが答えた。

「どんなだか教えて」

「スウィップ池と白鳥が見えるし、病院も十号棟《とう》も見える。それからゴールデン・グレン老人ホームでしょ、ジム・クラーク家族保険《ほけん》代理店も見える。アイダ・ニー先生の家に、タグ・アンド・バッグ、それからクララ湖も見える」

「ほかには？」

「アイダ・ニー先生の家のヘラジカの頭、シルベスターさんの机《つくえ》の上のキャンディコーンの入ったびんが見える。クララ・ウィングチップの幽霊《ゆうれい》だって見える。ゴールデン・グレン老人ホームから逃《に》げた黄色い小鳥もね」

「その小鳥、飛んでる？」

「うん」

「もっと教えて」

「アイダ・ニー先生がバトンをまわしているのが見える。ルーシーも見える。こっちにむかって手をふってる。アーチーとウサちゃんもいるよ」

「ウサちゃんて呼《よ》ばないでよ」犬にバディという新しい名をつけたベバリーが抗議《こうぎ》した。

しばらくして、ベバリーがルイジアナのところへ行って立たせ、手すりまで連れてきた。

「目を開けて、自分で見なよ」

ルイジアナは目を開けた。「あらまあ。あたしたち、ものすごく高いところにいるのね」

「心配しないで。手をにぎってあげるよ」とベバリーが言った。

レイミーはルイジアナの手をにぎって言った。「わたしもにぎってあげる」

三人はそうやってならんで立って、長い間、世界を見わたしていた。

読者のみなさんへ

わたしのことを少しお話ししましょう。

わたしは、中央フロリダ地方の小さな町で育ちました。オレンジの花祭り美少女コンテストに出ましたが、優勝《ゆうしょう》しませんでした。

とても小さかったときに、お父さんは家を出ていきました。お父さんがいなくてさびしかったので、どうしたらお父さんを取りもどせるか、いろいろ考えました。

わたしは、歌がうたえません。勇敢《ゆうかん》ではありません。

よい行いをしようと努めましたが、なかなかうまくいかないことがよくありました。

自分の魂《たましい》のことを心配しました。

バトントワリングのレッスンを受けましたが、バトンのまわし方を身につけられませんでした。

でも、よい友達に恵《めぐ》まれました。

友達は、すぐそばにいて、わたしを支《ささ》えてくれました。

友達のおかげで、わたしはこの世界が美しいと知りました。

レイミーの物語は、架空《かくう》ですが、わたしの心の物語そのものです。

ケイト・ディカミロ

訳者《やくしゃ》あとがき

この物語を書いたケイト・ディカミロさんは、アメリカで、年に一度贈《おく》られる権威《けんい》ある児童文学賞、ニューベリー賞を二度受賞した、実力、人気ともにある作家です。代表作に『きいてほしいの、あたしのこと――ウィン・ディキシーのいた夏』と『ねずみの騎《き》士《し》デスペローの物語』があります。この二作は映画《えいが》にもなりました。

最新作『レイミー・ナイチンゲール』は、三人の女の子たちのひと夏のお話です。三人ともお父さんがいません。レイミーのお父さんはかけおちしていなくなりました。ベバリーのお父さんはお母さんと別れて、今はニューヨークで暮《く》らしています。ルイジアナはお父さんだけでなくお母さんもいません。ルイジアナがまだ小さかったときに、乗っていた船が沈没《ちんぼつ》しておぼれ死んでしまったのです。

胸《むね》に悲しみを抱《かか》えた女の子たちが目指すのは、「中央フロリダ・タイヤ社主催《しゅさい》一九七五年度美少女コンテスト」でした。それぞれが目的を持っていました。レイミーは、お父さんがコンテストで優勝《ゆうしょう》したレイミーの写真を見て、もどってきてくれるのではと期待していました。ベバリーはコンテストを荒《あ》らすと息巻《いきま》いています。ルイジアナは優勝賞金を手に入れて、飼《か》い猫《ねこ》のアーチーをとりもどすためでした。

アメリカでは低年齢《ていねんれい》を対象《たいしょう》とするコンテストが盛《さか》んです。小さな子は二歳《さい》にもならないうちから出場し、十五歳くらいまでの女の子たちが競《きそ》いあいます。コンテストに出た際《さい》に、見た目だけで競争するのではなく、特技《とくぎ》を披露《ひろう》しなくてはならないので、レイミーたちはバトントワリングのレッスンを受けに来ています。先生は世界チャンピオンですが、レッスンはほとんど進みません。その上、本人たちが予想もしていなかったできごとが次々と起こります。でも、いっしょに力を合わせて目の前の障壁《しょうへき》に立ち向かい、いつしか三人の間には強いきずなが生まれます。

レイミー、ベバリー、そしてルイジアナ。三人はその後、どんな道を歩んだのでしょうね。なにかつらいことがあっても、きっとこのひと夏の出会いを思いかえして、乗りこえていくにちがいありません。

ところで、文中に「魂《たましい》」という言葉がよく出てきます。レイミーの魂は大きくなったり小さくなったりします。これは原文のsoul(ソウル)という英単語を魂と訳《やく》したのですが、大きな意味で「心」を表しています。英語には、ほかに「心」と言えばheart(ハート)、mind(マインド)などといった単語があります。すべて、「心」という意味ですが、少しずつニュアンスが違《ちが》います。soulは心のより深い部分、魂《たましい》をさす心、heartは喜怒《きど》哀楽《あいらく》の感情《かんじょう》がこもった心で、mindは知性《ちせい》や理性《りせい》をつかさどる心といったところでしょうか。レイミーの「魂」は体の奥底《おくそこ》からわいてくる心を表しているのです。希望や期待、または失望によって、大きくなったり、小さくなったりするのです。

ディカミロさんも自分の魂のことを心配しました。

ディカミロさんはペンシルバニア州フィラデルフィアに生まれ、慢性肺炎《まんせいはいえん》を患《わずら》っていたため、五歳《さい》の時に、お母さん、お兄さんとともに、温暖《おんだん》なフロリダ州クレアモントに移住《いじゅう》しました。そのとき歯科医だったお父さんはいっしょに行かず、フィラデルフィアに残りました。そして、二度とディカミロさんたちと暮《く》らすことはなかったのです。

最後になりましたが、この物語を訳《やく》すにあたって、ご助力くださった西本かおるさんとデヴィッド・マックウィリアムズ(David McWilliams)さんに感謝《かんしゃ》します。そして訳者の力不足を補《おぎな》ってくださった岩波書店の児童書編集部、愛宕裕子《あたごひろこ》さんにも心からお礼申し上げます。

二〇一七年五月

長友恵子《ながともけいこ》

ケイト・ディカミロ

米国ペンシルバニア州フィラデルフィアに生まれ，子ども時代の大半をフロリダ州ですごす．『ねずみの騎士デスペローの物語』(ポプラ社)，『空飛ぶリスとひねくれ屋のフローラ』(徳間書店)でニューベリー賞を2度受賞．そのほかの作品に『きいてほしいの，あたしのこと──ウィン・ディキシーのいた夏』(ポプラ社)，『ピーターと象と魔術師』(岩波書店)などがある．現在はミネソタ州ミネアポリスに暮らし，毎日きっかり2ページずつ物語を書いている．

長友恵子

翻訳家．ディカミロ作品を手がけるのは『ピーターと象と魔術師』に続いて2冊目．そのほかの訳書に『中世の城日誌』(産経児童出版文化賞JR賞)，『海賊日誌』(以上，岩波書店)，『ドラゴンだいかんげい？』(徳間書店)，『ボーイ・キルズ・マン』(鈴木出版)，『ゆうかんなうし　クランシー』(小学館)，『おうちにいれちゃだめ！』(フレーベル館)などがある．

レイミー・ナイチンゲール　ケイト・ディカミロ作

2017年5月25日　第1刷発行

訳　者　長友恵子《ながともけいこ》

発行者　岡本　厚

発行所　株式会社　岩波書店
〒101-8002　東京都千代田区一ツ橋2-5-5
電話案内　03-5210-4000
http://www.iwanami.co.jp/

印刷・三陽社　カバー・半七印刷　製本・松岳社

ISBN 978-4-00-116008-6　Printed in Japan
NDC 933　238 p.　19 cm